Erhard Dietl (Hrsg.)

777 tolle Kinderwitze

Erhard Dietl wurde 1953 in Regensburg geboren. Nach seinem Studium an der Akademie für das grafische Gewerbe und an der Akademie der Bildenden Künste in München arbeitete er als Cartoonist und Illustrator für den Stern, das Zeit-Magazin, Sesamstraße u. a. Heute illustriert er Kinderbücher wie „Geschichten vom Franz“ und „Ätze, das Tintenmonster“. Aber Erhard Dietl schreibt und illustriert auch seine eigenen Bilderbücher und Kinderbücher.

Erhard Dietl (Hrsg.)

777 tolle Kinderwitze

Lauter verrückte Witze,
ausgewählt und mit Zeichnungen versehen
von Erhard Dietl

Ravensburger Buchverlag

MIX
Papier aus verantwortungsvollen Quellen
FSC® C006701
FSC
www.fsc.org

Als Ravensburger Taschenbuch
Band 53095
erschienen 2006

Die Originalausgabe erschien
unter dem Titel „Heute schon gelacht?“
2000 im Ravensburger Buchverlag

Umschlagillustration: Erhard Dietl

Printed in Germany

7 8 9 10 15 14 13 12

ISBN 978-3-473-53095-3

www.ravensburger.de

Inhalt

Frechheit siegt

Die Familie sitzt beim Mittagessen.
„Na, wie war's in der Schule?“, fragt Mami.
„Sag mal, suchst du schon wieder Streit?“, faucht Anja.

„Nimm deine Hände aus der Tasche, wenn du mich grüßt!“, sagte Lehrer Linsenmeier.
„Ich habe Sie ja gar nicht gegrüßt“, antwortete Freddie.

„Papi, Papi“, ruft Kläuschen. „Unser Waldi kann ein neues Kunststück. Er steht auf drei Beinen und mit dem vierten hält er sich am Wohnzimmerschrank fest!“

„Hat diese Medizin schlimme Nebenwirkungen?“, fragte Oliver den Doktor Baldrian.
„Allerdings“, sagte der Doc. „Morgen kannst du wieder zur Schule gehen.“

„Was hat Roman gesagt, dass du ihm die Luft aus dem Fahrrad gelassen und die Luftpumpe versteckt hast?"
„Eigentlich nicht viel – und die zwei Zähne hätte ich mir sowieso ziehen lassen müssen."

„Papa, ich möchte bitte zwanzig Euro haben."
„Immer willst du haben. Denk doch auch mal an Geben!"
„Also, gib mir bitte zwanzig Euro!"

„Früher hat mir mein Waldi schon am Morgen die Zeitung ans Bett gebracht", sagte Herr Moser.
„Und warum tut er es jetzt nicht mehr?"
„Mein Nachbar hat die Zeitung abbestellt."

„Wer hat die Türken bei Wien geschlagen?", fragte der Lehrer.
„Haha, darauf falle ich nicht herein", sagte der Schüler.
„Die Österreicher kamen ja gar nicht bis ins Halbfinale vom UEFA-Cup."

„Sagen Sie mal", fragte der genervte Nachbar den Herrn Kleinlein, „ist das ihr Hund, der die ganze Nacht bellt?"
„Klar doch. Ober glauben Sie, ich habe Zeit für so einen Quatsch?"

„Wer hat den Streit angefangen?“, fragt streng der Lehrer.
„Der Florian“, antwortet Leo. „Er hat als Erster zurückgeschlagen.“

„Warum heißt der Wiedehopf eigentlich Wiedehopf?“
„Das ist doch klar. Er sieht aus wie ein Wiedehopf, hüpft rum wie ein Wiedehopf, hat einen Schopf wie ein Wiedehopf, frisst Würmer wie ein Wiedehopf. Warum sollte er da nicht auch Wiedehopf heißen?“

Valerie läutet bei Frau Mausmeier. „Meine Mama lässt fragen, ob Sie uns Ihre Schere leihen könnten.“
„Ja, gerne“, meint Frau Mausmeier, „aber sag, habt Ihr denn keine Schere?“
„Schon, aber für das Öffnen von Konservendosen ist sie uns zu schade.“

„Ossi hat also gesagt, du seist ein Idiot. Stimmt das?“
„Ja.“
„Und? Warum regst du dich dann auf?“

In einem stinkvornehmen Lokal ruft eine noch vornehmere Dame den Ober:
„Herr Ober, könnten Sie bitte die Klimaanlage einschalten! Es ist zu kalt hier.“
„Sehr wohl, gnädige Frau“, sagte der Ober und verschwand nach hinten.
Kurze Zeit darauf rief die Dame wieder den Ober.
„Herr Ober, jetzt wird's zu warm. Schalten Sie die Klimaanlage zurück!“
„Selbstverständlich“, sagte der Ober und verschwand wieder.
Und es dauerte gar nicht lange, da rief die Dame noch mal:
„Herr Ober, mich friert's. Drehen Sie die Anlage wieder ein bisschen nach oben.“
Und wieder sagte der Ober: „Selbstverständlich, gnädige Frau.“
Da flüsterte ein Herr am Nebentisch dem Ober ins Ohr:
„Also, Ihre Geduld ist bewundernswert. Geht Ihnen dieses Theater nicht auf die Nerven?“
Da flüsterte der Ober zurück: „Unter uns gesagt, wir haben hier gar keine Klimaanlage.“

„Wann musst du ins Bett?“, fragt Juliana ihre Freundin.
„Um neun Uhr“, antwortet Lissi.
„Und ich schon um halb neun Uhr“, sagt Juliana.
„Mensch, dann sind deine Eltern ja noch um eine halbe Stunde gemeiner als meine!“

„Ich möchte gern ein Kopfkissen!“
„Welche Größe?“
„Weiß nicht genau. Aber ich hab Hutgröße 58!“

Der Tourist fragt den einheimischen Bauern:
„Ist es weit von hier bis zum nächsten See?“
Der antwortet: „Nur einen Steinwurf.“
„Backstein oder Kiesel?“

Zwei Schneeflocken begegnen sich auf ihrer Reise zur Erde.
„Wohin?“, fragt die eine.
„Nach Bayern zum Wintersport. Und du?“
„Nach Norddeutschland – Verkehrschaos verursachen!“

„Wie lange hält der Zug?“, fragt ein Fahrgast den Schaffner.
„Nun, bei guter Pflege so zehn bis fünfzehn Jahre“, erwidert der Schaffner.

Karlchen Semmelmann bekommt Krach mit einem Straßenbahnführer. Voller Wut erklärt er:
„Vergessen Sie nicht, dass Sie von uns Fahrgästen leben!“
Sagt der Straßenbahnführer:
„Also los! Auf was warten Sie noch? Steigen Sie doch aus und lassen Sie mich verhungern!“

„Wenn ich Kaffee trinke, kann ich nicht schlafen!"
„Bei mir ist es genau umgekehrt, wenn ich schlafe, kann ich keinen Kaffee trinken."

„Fritzchen", fragt die schockierte Tante Agathe, „stimmt es, dass ihr jetzt in der Schule Aufklärungsunterricht bekommt?"
„Ja, Tante", sagt Fritzchen, „was möchtest du denn gerne wissen?"

„Herr Doktor, immer wenn ich Kaffee trinke, bekomme ich Stiche im rechten Auge, was soll ich tun?", fragte Frau Mausmeier.
„Den Löffel aus der Tasse nehmen", riet der Doktor.

„Deine Schrift ist absolut unleserlich", sagte die Lehrerin.
„Ich verlange, dass du deutlich schreibst."
„Lieber nicht", meinte Isabella, „dann können Sie ja alle meine Rechtschreibfehler erkennen!"

„Rudi“, sagt die Mutter im Zoo,
„geh nicht so nah an die Eisbären.
Du bist sowieso schon erkältet!“

Die Familie hat vergessen, Tante Adelgunde rechtzeitig zum Gartenfest einzuladen.
Das soll jetzt nachgeholt werden.
„Bitte, bitte, liebe Tante, komm doch“, sagt Simone am Telefon.
„Nein, ich komme nicht! Es ist zu spät“, sagte die Tante.
„Ich habe schon um Regen gebetet.“

Etwas Fauleres als Richard Rübe gibt es nicht.
Sein Freund hatte einen Unfall. Statt ein paar Zeilen zu schreiben, geht Richard Rübe in ein Schreibwarengeschäft und fragt nach vorgedruckten Genesungswünschen.
„Haben Sie da was fürs Krankenhaus?“, fragt er.
„Ja“, sagt der Händler.
„Und dass er sich was gebrochen hat?“
„Ja.“
„Und dass es der Arm ist?“
„Ja, auch.“
„Und dass es der linke Arm ist.“
„Ja.“
„Und dass ich ihm alles Gute wünsche!“

„Zähne, Zahnfleisch, alles in Ordnung“, sagt der Zahnarzt zu Nick. „Nur den Kaugummi solltest du mal erneuern.“

„Wird die Operation teuer?“, fragt ängstlich der Patient den Chefarzt.
„Ach, wissen Sie was, vertrauen Sie sich ruhig Ihren Ärzten an und was nachher kommt, das überlassen Sie getrost Ihren Erben.“

Vater ist stinkesauer: „Jetzt hast du die Prüfung wieder nicht bestanden, zum dritten Mal!“
„Ja, was soll ich machen, wenn die immer den gleichen Blödsinn fragen!“, sagt Richard.

„Sie sind ja schrecklich nervös“, sagt der Arzt zu Herrn Mückenbauer. „Können Sie sich vorstellen, woher das kommt?“
„Ich glaub, das kommt vom Angeln“, sagt Mückenbauer.
„Das kann ich mir nicht vorstellen“, meint der Arzt. „Angeln beruhigt doch.“
„Aber nicht, wenn man keine Angelkarte hat.“

Witz-Special:

Schlaue Fragen

Was stellt man sich unter einer Hängebrücke vor?
Wasser.

Welche Tiere können höher springen als ein Wolkenkratzer?
Fast alle Tiere können das. Denn ein Wolkenkratzer kann überhaupt nicht springen.

Warum ist der Elefant grau, groß und runzelig?
Wäre er weiß, klein und glatt, wär er ein Tischtennisball.

Was steht im Garten und macht „mäh"?
Der Rasen-mäh-er.

Was ist das:
Macht „Klapp-klapp, klapp-klapp-klapp, klapp-klapp"?
Ein Klodeckel im InterCity Stuttgart-Frankfurt.

Was versteht man unter einer Eisenbahnbrücke?
Kein Wort.

Was ist das:
Es ist schwarz, hat zwei Flügel und zweiundzwanzig Beine?
Eine Fußballmannschaft aus Afrika.

Was macht der Storch, wenn er auf einem Bein steht?
Er überdenkt den nächsten Schritt.

Und warum steht der Marabu auf einem Bein?
Wenn er das andere auch noch einzöge, würde er auf den Bauch fallen.

Was ist, wenn zwei Chinesen auf einen Baum steigen?
Dann sind zwei Chinesen weniger auf der Erde.

Und was ist, wenn zwanzig Chinesen auf einen Baum steigen?
Dann bricht der Ast ab.

Welcher Vogel muss sein Leben lang Junggeselle bleiben?
Der Wasserhahn. Es gibt nämlich keine Wasserhenne.

Warum haben die Fische Schuppen?
Damit sie ihre Fahrräder unterstellen können.

Wie kommt ein Rabe nach Amerika?
Schwarz.

**Was kann man verlieren,
obwohl man es immer bei sich hat?**
Den Kopf.

Was soll man tun, wenn man in der Wüste plötzlich vor einer Schlange steht?
Sich hinten anstellen.

Auf welche Bäume kann man nicht klettern?
Auf Purzelbäume.

Welche Flocken fallen nicht vom Himmel?
Die Haferflocken

Welchen Tag gibt es nur einmal im Jahr?
Jeden Tag.

Vor Lehrern

wird
gewarnt

„Wie nennt man einen Menschen, der redet und redet und redet, auch wenn ihm keiner zuhört?“
„Lehrer.“

„Sag mal, das ist doch unglaublich! Zwanzig Rechtschreibfehler in einem Aufsatz!“, schimpfte der Vater.
„Das liegt bloß an unserem Lehrer. Der sucht ja geradezu danach“, meinte Jonas.

„Was habt ihr heute in der Schule gemacht?“
„Wir haben geschrieben.“
„Und was habt ihr geschrieben?“
„Das weiß ich nicht. Lesen haben wir noch nicht gelernt.“

„Wer ist der Gescheiteste in eurer Klasse?“
„Keiner. Der Lehrer sagt, bei uns ist einer dümmer als der andere.“

„Wenn die alten Römer ihr Ende herannahen fühlten, wickelten sie sich in ihre Toga und warteten auf den Tod.“
„Und wenn er nicht kam?“
„Dann wickelten sie sich wieder aus.“

„Was ist ein Lichtjahr?“, fragte der Physiklehrer.
„Das ist die Stromrechnung für zwölf Monate“, antwortete Hugo, der nicht zu den Besten der Klasse gehört.

Die Schüler haben die korrigierte Mathe-Hausaufgabe zurückgekriegt. Karls Blatt ist ein einziges Schlachtfeld. Nur rot und rot und rot.
„Hast du keine Angst, wenn du deinem Vater dieses Blatt zeigen musst?“, fragt ein Freund.
„I wo“, sagt Karl. „Gar nicht. Mein Vater hat mir ja diese Aufgaben gemacht.“

„Unser Lehrer ist heute wieder wahnsinnig schlechter Laune.“
„Sag mal, war der schon mal besserer Laune?“
„Weiß ich nicht. Wir haben ihn erst zwei Jahre.“

Kommt Hubi ins Klassenzimmer.
„Entschuldigen Sie, Herr Studienrat.
Ich habe verschlafen.“
„Was?! Zu Hause schläfst du auch noch!“

„Also“, sagte der Lehrer. „Wenn ihr schon zu dumm seid um euch etwas zu merken, dann schreibt es euch auf! Ich mache das schließlich auch so.“

Martin geht zum Klassenlehrer vor und möchte am nächsten Tag schulfrei haben.
„Meine Großmutter wird beerdigt", sagt er.
„Das ist jetzt, wenn ich mich nicht täusche, schon deine dritte Großmutter, die in diesem Jahr beerdigt wird", meint der Lehrer.
„Das kommt davon … Mein Großvater heiratet immer gleich wieder", stottert Martin.

Die Klasse hat eine neue Lehrerin gekriegt. Und die will wissen, was die Kinder können.
„Passt auf", sagt sie. „Ich nehme drei Birnen, tu elf dazu und nehme vier wieder weg. Wie viele Birnen hab ich dann?"
Kein Aas meldet sich.
„Ja, sagt mal, wieso wisst ihr das nicht?"
„Unser Lehrer bisher hat immer mit Äpfeln gerechnet!"

„Thomas, wer hat da soeben vorgesagt?", fragt streng der Lehrer.
„Ich verpfeife niemanden", sagt Thomas.
„Und meinen Freund Robert schon gar nicht."

Heute gibt es Zeugnisse. Daheim sitzen sie gespannt am Küchentisch und warten auf ihren Robbie. Endlich kommt er.
„Bleibt sitzen", sagt er, „ich tu es auch."

Paul kommt wieder einmal zu spät zum Unterricht und läuft prompt auf der Treppe dem Direktor über den Weg.
„Schon wieder zu spät!“, sagt der Direx.
„Macht nichts, ich auch“, sagt Paul.

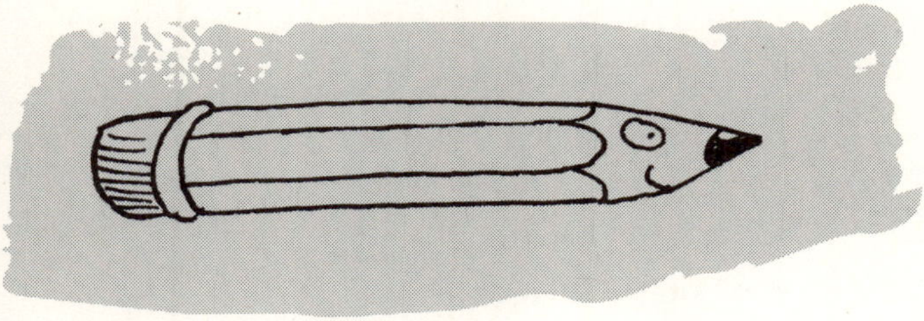

„Warum hab ich in Mathe eine Sechs bekommen, Herr Studienrat?“, fragt der geknickte Schüler.
„Weil es eine Sieben als Zensur nicht gibt“, bekommt er zur Antwort.

„Aber Roman, jetzt hast du wieder alle Rechenaufgaben falsch gemacht. Hast du denn keinen Bruder, der dir helfen kann?“
„Jetzt noch nicht“, antwortet Roman. „Aber im nächsten Monat, sagt Mutti, da krieg ich einen.“

„Aber Holger, ich habe dir doch ein Moped versprochen, wenn du das Klassenziel erreichst. Und nun bist du durchgefallen. Sag mir nur, was hast du denn in den letzten Monaten gemacht?!“
„Den Führerschein.“

„An Ihrer Stelle würde ich es mal beim Lotto versuchen", sagte Professor Großkopf zum Studenten Meier. „Von 49 Fragen haben Sie sensationellerweise 6 richtige Antworten erraten."

„Herr Professor, wie kann man merken, dass jemand blöd ist?"
„Ganz einfach. Wenn er eine simple Frage nicht beantworten kann."
„Zum Beispiel?"
„Zum Beispiel: Wie lange dauerte der Dreißigjährige Krieg."
„Oje. Muss es unbedingt eine Frage aus dem Geschichtsunterricht sein?"

Chemieunterricht bei Professor Rossbauer.
„Der Versuch ist gefährlich", sagt der Professor.
„Wenn ich nur ein bisschen daneben tropfe, fliegt alles in die Luft. So und nun kommt alle vor, damit ihr es genauer sehen könnt!"

„Was war die größte kulturelle Leistung der alten Römer?"
„Dass sie Latein verstanden."

„Mami, ich kann heute nicht in die Schule.
Ich fühle mich nicht wohl."
„Und wo fühlst du dich nicht wohl?"
„In der Schule."

„Sagen Sie einmal", sagte der geknickte Vater zum Klassenlehrer. „Ist mein Sohn denn wirklich zu gar nichts zu gebrauchen?"
„Doch", antwortete der Lehrer, „ich benutze ihn häufig als abschreckendes Beispiel für die anderen."

Sagte der Lehrer: „Ich hoffe, dass ich dich heute zum letzten Mal beim Abschreiben erwischt habe."
„Das hoffe ich auch", dachte der Schüler.

„Warum hat unser Direktor so krumme Beine?"
„Na, denk doch mal nach. Die große Schule, die vielen Lehrer. Welche Last da auf ihm ruht!"

„Sag mal, wie kommst du zu einer Fünf in Deutsch?"
„Die hab ich, seit ich den Studienrat im Schullandheim beim Tischtennis haushoch geschlagen hab."

Mandy kommt aus der Schule heim und sagt:
„Stellt euch vor, heute haben wir vier neue Mitschüler gekriegt. Der eine heißt Frühling, der andere Sommer, der dritte Herbst. Und, was meint ihr, wie der vierte heißt?"
„Winter", rufen die anderen.
„Wie kommt ihr auf so einen Quatsch?", sagt Mandy.
„Müller heißt er."

Die Schüler betrachten im Museum
die alte griechische Statue eines Helden.
Ihm fehlt ein Arm, eine Hand und die Nase
und heißen tut das Ganze: „Der Sieger."
„Oje", murmelt Fabian, „Wie muss da erst
der Verlierer ausgesehen haben!"

„Warum nennt ihr die Chemietante Blinddarm?"
„Weil sie völlig überflüssig und ständig gereizt ist."

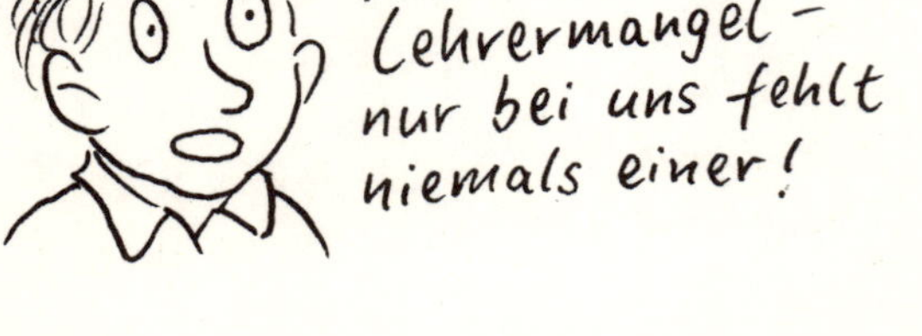

„Sprichst du auch ein Gebet abends, wenn du dich schlafen legst?“, fragte der Religionslehrer.
„Ich nicht“, sagte Daniel, „aber meine Mami.“
„Schön, und was sagt sie?“
„Gott sei Dank, dass er endlich im Bett ist!“

Die Lehrerin fragt die ABC-Schützen nach ihren Namen.
„Ich heiße Hannes!“, sagt der erste.
„Das heißt nicht Hannes, sondern Johannes!“, berichtigt ihn die Lehrerin. „Und wie heißt du?“, fragt sie den nächsten.
„Jokurt, Frau Lehrerin.“

„Herr Lehrer, kann man für etwas bestraft werden, das man nicht gemacht hat?“
„Natürlich nicht!“
„Gut! Ich hab nämlich meine Hausaufgaben nicht gemacht!“

Freddie sitzt in der Bank und schaut verträumt zum Fenster hinaus.
Kommt Studienrat Schädle hinzu und fragt:
„Was tust du eigentlich am Sonntag?“
„Nichts“, sagt Freddie.
„Dann möchte ich dich daran erinnern, dass heute nicht Sonntag ist“, sagt Schädle.

„Wasch dir bitte die Hände, bevor du zur Schule gehst.“
„Nicht notwendig. Ich melde mich heute sowieso nicht.“

Der Lehrer: „Max, nenn mir Tiere!“
Max: „Das Schweinchen, das Pferdchen, das Entchen.“
Der Lehrer: „Was soll die Verkleinerungsform?
Lass das „chen“ weg!“
Max: „Das Hündchen, das Kätzchen.“
Der Lehrer: „Du sollst das „chen“ weglassen!“
Max: „Das Kanin…, das Frett…, das Eichhörn…“

In der Rechenstunde.
„Uwe, ich schenk dir heute zwei Kaninchen und morgen drei Kaninchen, wie viele Kaninchen hast du dann?“
„Dann hab ich sechs!“
„Falsch. Das sind nur fünf.“
„Nein, sechs!“
„Wieso?“
„Ich hab schon ein Kaninchen!“

Der Lehrer fragt die Kinder:
„Was müsst ihr zahlen, wenn ihr im Supermarkt 80 Euro, beim Schuster 60 Euro, in der Apotheke 100 Euro und beim Metzger 70 Euro schuldig seid?“
„Weiß nicht“, sagt Theo, „dann ziehen wir immer um.“

„Herr Lehrer, mein Vater hat mir 100 Euro versprochen, wenn ich in Betragen eine Eins nach Hause bringe.“
„Dann streng dich mal an!“ „Da weiß ich was Besseres: Sie geben mir eine Eins und wir teilen …“

Geografiestunde. An der Wand hängt eine große Landkarte.
„Kurt!“, ruft der Lehrer, „zeige uns wo Amerika liegt!“
Kurt zeigt auf Amerika.
„Gut“, sagt der Lehrer und wendet sich an die Klasse.
„Und wer hat Amerika entdeckt?“
Da rufen alle wie aus einem Munde: „Kurt!“

„Herr Lehrer, ich weiß nicht, was mein Sohn einmal werden soll. Er ist so unzuverlässig!“
„Wie wär’s mit Meteorologe, Frau Huber?“

„Herr Lehrer, Sie wollten uns doch einen Vortrag über das Gehirn halten!“
„Später, Kinder, ich habe jetzt etwas anderes im Kopf.“

Horst schwänzt immer wieder die Schule und geht auf den Fußballplatz. Der Lehrer redet ihm ins Gewissen: „Weißt du, was aus einem Jungen wird, der nicht lernt und nur Fußball spielt?“
„Ja. Der kommt später in die Bundesliga und wird Millionär!“

In der ersten Klasse erklärt der Lehrer den Kleinen, dass es nicht schön ist, wenn man sich selbst lobt.
„Daher kommt das Sprichwort: Eigenlob stinkt.“
Da ruft plötzlich Hannes: „Der Jakob lobt sich!“

Witz-Special:
Tausendfüßer

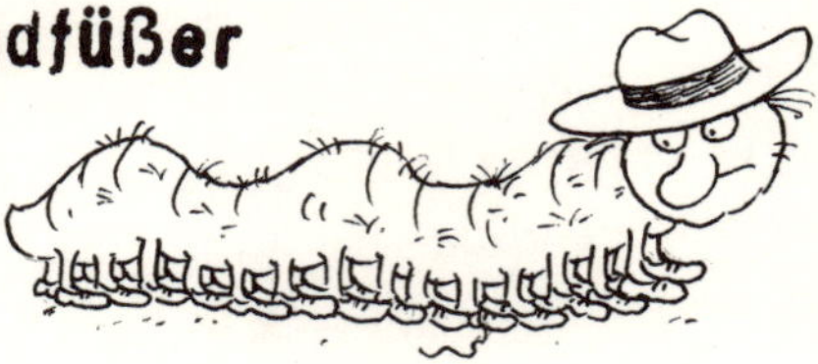

„Der Metzgermeister hat die Idee des Jahrhunderts. Er kreuzt einen Tausendfüßer mit einem Schwein.“ Was meinst du, wie viele Schweinshaxen er da kriegt!“

„Sag mal“, flüstert ein Tausendfüßer dem anderen zu, „ist deine Frau beschwipst?“
„Warum soll sie beschwipst sein?“
„Weil sie so herumwackelt.“
„Das macht nur die neue Schuhmode.“

Im Schuhgeschäft wimmert der kleine Tausendfüßer: „Mami, bitte kauf mir diesmal nicht schon wieder Schnürstiefel.“

Warum sieht man so wenig Tausendfüßer auf den Skipisten?
Bis sie alle Skistiefel anhaben, ist der Winter vorbei.

„Auf einem Bein kann man nicht stehen“, sagte der Tausendfüßer und goss 999 Schnäpse nach.

Ein Tausendfüßer kommt zum Programmdirektor des Fernsehens.
„Ich möchte mich gerne bei ihnen bewerben!"
„So? Als was denn?"
„Als Fernsehballett."

Ameise und Tausendfüßer wollen sich in der Disko treffen.
Ameise wartet, aber wer nicht kommt, ist der Tausendfüßer.
Endlich, um drei Uhr morgens, latscht er herein.
„Ja, wo warst du denn so lange!", schimpft die Ameise.
„Schau doch", sagt der Tausendfüßer. „Draußen hängt ein Schild: Füße abputzen!"

Zwei Tausendfüßer betrachten Kinoplakate mit hübschen Mädchen drauf.
„Tolle Beine haben die", meint der eine.
„Ja, aber so wenig!"

Kommt ein kleiner Tausendfüßer zum Tierarzt und heult.
„Wo fehlt es denn?"
„Mir ist einer auf den Fuß getreten."
„Auf welchen?"
„Das ist es ja, ich kann nur bis hundert zählen."

Übrigens: Wie heißt ein Tausendfüßer auf italienisch?
Molto bene.

Mit

100 km/h

durchs Internet

„Onkel Max, warum gehst du jetzt so viel zu Fuß?"
„Weißt du, spazieren gehen ist sehr gesund."
„Aha. Und wann kriegst du deinen Führerschein wieder, Onkel Max?"

„Diese tausend und abertausend Schlaglöcher in den Straßen!", schimpfte unser Onkel Wunibald. „Die von der Regierung machen das bloß, weil die Autofahrer zu faul sind, die Zigarettenasche selbst abzuklopfen."

„Der neue Computer kann so gut wie alles", erklärte der Chef dem Büropersonal.
„Kann er auch Staub wischen?", fragte die Raumpflegerin.

Klausilein ging seit acht Tagen in die erste Klasse der Grundschule und kam freudestrahlend heim:
„Mami! Wir rechnen jetzt schon mit dem Computer!"
„Das gibt's doch nicht!"
„Pass auf, ich zeig's dir: Ein Computer und zwei Computer sind drei Computer", sagte Klausilein.

„Mein Computer ist so intelligent. Wenn da einer eine dumme Frage eingibt, kichert er“, erzählt Paulchen.

„Sie brauchen keine Angst zu haben, dass Sie einmal durch einen Computer ersetzt werden“, sagte der Chef zum Angestellten Fritzlein. „Ein PC, der überhaupt nichts tut, ist noch nicht erfunden worden.“

Ein Radler fährt einen alten Herrn über den Haufen. Der Radler steigt ab, hilft seinem Opfer wieder auf die Beine und meint tröstend:
„Haben Sie ein Glück gehabt, dass ich heute meinen freien Tag hab.“
„Und das soll ein Glück sein?“
„Ja, ich fahre sonst eine Dampfwalze.“

„Sie sind mehr als 100 km/h gefahren.“
„Das gibt's nicht, Herr Wachtmeister, das waren höchstens 80 km/h. Oder, wenn ich mir das so überlege, 50 waren es, ich würde eher 30 sagen, oder – ich glaube, es waren vielleicht nur 10.“
„Reden wir nicht lange herum“, sagt der Wachtmeister.
„Sie bekommen einen Strafzettel wegen Haltens im Halteverbot.“

„Soll ich dir zeigen, was man mit diesem Computer alles nicht kann?“, sagte Tina zu ihrem Bruder.

„Wann hast du deine Führerscheinprüfung?“, fragte Natalie den Werner.
„Nächste Woche, am Donnerstag.“
„Und was machst du nach der Prüfung?“
„Dann versuche ich es halt noch einmal“, sagte Werner.

Was macht Rambo Robbie, wenn an seinem Moped die Bremsen kaputt sind?
Er kauft sich eine lautere Hupe.

Paulchen steht an der Rolltreppe und starrt auf die Stufen.
„Auf was wartest du denn?“
„Ich warte, dass mein Kaugummi wieder kommt.“

Uwe hatte sein Auto beim TÜV.
„Also“, sagte der Kontrolleur, „an diesem Wagen macht nur ein einziges Teil kein Geräusch. Die Hupe.“

Unser Susilein wird an der Kreuzung angehalten.
„Ich möchte bitte Ihren Führerschein sehen“, sagt der Polizist.
„Also, Sie sind mir einer“, meint Susilein. „Sie wollen ein echter Polizist sein und haben noch nicht einmal einen Führerschein gesehen.“

„Und du behauptest, dass du geklingelt hast, bevor du den Mann überfuhrst?“, fragte Wachtmeister Stich den Nick.
„Klar doch, ich klingle immer, bevor ich jemanden überfahre“, antwortete Nick.

Warum ist im Auto ein Innenspiegel angebracht?
Damit der Fahrer sieht, ob er schon drinnen sitzt oder noch nicht.

„Sie sind 100 Kilometer in der Stunde gefahren“, fauchte Wachtmeister Stich die Tante Leni an.
Grinst die Tante: „Da täuschen Sie sich aber gewaltig, Herr Polizist. Ich bin ja erst eine Viertelstunde unterwegs.“

Herr Grantl fährt an die Tankstelle.
„Bitte sehen Sie auch meine Reifen nach!“, sagt er.
„Eins, zwei, drei, vier“, sagt der Tankwart. „Sie sind alle dran. Sie können fahren!“

„Vor einem halben Jahr haben Sie mir gesagt, dieses Auto würde mein ganzes Leben lang halten. Und jetzt ist es kaputt", schimpfte Herr Kleinlein.
„Sie glauben ja gar nicht, wie schlecht Sie vor einem halben Jahr ausgesehen haben", antwortete der Autohändler.

Wirft sich so ein Typ, dem nichts schnell genug gehen kann, am Bahnhof in ein Taxi und schnauzt den Fahrer an:
„Glotzen Sie nicht so dämlich! So rasch wie möglich zum Bahnhof, dalli, dalli."
„Aber wir sind doch schon am Bahnhof", stottert der Taxifahrer.
Da zieht der Typ einen Fuffziger heraus, gibt ihn dem Taxifahrer und sagt:
„Na, wenigstens hat es diesmal nicht so lange gedauert."

Der Typ, dem nichts schnell genug gehen kann, findet am Flughafen ein Taxi.
„Also los, schnell, schnell zum City Hotel! Sollte schon längst dort sein!"
„Mir klar", sagt der Taxifahrer und rast los.
An der nächsten Kreuzung ist Rot – der Taxifahrer rast drüber. Dann kommt die Kurve an der Landesbrücke und es ist natürlich Rot – der Taxifahrer rast drüber.
Am Adenauerring wieder Rot – und der Taxifahrer fährt drüber.
In der König-Ludwig-Straße ist endlich Grün – und da macht der Taxifahrer eine Vollbremsung und hält.
„Aber warum halten Sie gerade hier?", fragt der Fahrgast.
„Na ja", sagt der Taxifahrer. „Es könnte ja ein Kollege kommen."

„Hast du einen Führerschein oder hast du keinen?", fragte der Polizist von der Streife.
„Wie soll ich einen Führerschein haben, wenn ihn mir die Polizei immer abnimmt!", maulte Susanne.

„Sie können doch nicht den Dieb und ihr gestohlenes Auto zu Fuß einholen, Herr Müller!“
„Na, da kennen Sie mein Auto aber schlecht!“

„Mein Gebrauchtwagen hat immerhin 220 Kilometer gemacht.“
„In der Stunde?“
„Nee, insgesamt!“

Emil bringt sein Auto in die Werkstatt.
Sagt der Meister: „Na, sagen Sie mal, wo sind denn ihre Scheibenwischer?“
„Die hab ich abmontiert“, sagt Emil. „Die Polizisten haben immer so doofe Strafzettel druntergeklemmt!“

„Was denn“, schimpft Herr Huber den Gebrauchtwagenhändler, „das soll ein Wagen mit allen Schikanen sein? Der springt ja noch nicht einmal an!“
„Na sehen Sie“, freut sich der Händler, „das ist ja bereits die erste Schikane!“

Zu dritt sitzen die Freunde auf dem Moped und brettern durch die Dorfstraße.
Ein Polizeiauto überholt sie und bringt sie zum Halten.
„Wohl noch nie was von Geschwindigkeitsbeschränkung gehört, was?“, sagt der Polizist. „Hier sind höchstens 30 km/h erlaubt!“
„Ja schon, aber wir haben gedacht, das wäre pro Person!“

„Meine Mami muss 2000 Euro Strafe zahlen, weil sie bei Grün über eine Ampel gefahren ist!“
„Aber das ist doch nicht verboten!“
„Schon möglich. Aber die Ampel allein hat schon 1000 Euro gekostet!“

„Nina, du sollst die Leute auf der Straße nicht mit Dreck bespritzen!“
„Muss ich damit warten, bis ich ein Auto habe, Papa?“

Der Kleinwagen steht mit qualmendem Motor in einer Kehre auf der Passstraße.
Kommt so ein frecher Motorradfahrer vorbei und lästert:
„Na, darf der Kleine überhaupt schon rauchen?“

Herr Grantl fährt in die Werkstatt.
„Schauen Sie sich bitte meine Bremsen an!“
„Geht jetzt nicht“, sagt der Mechaniker.
„Wieso?“
„Hab Pause!“
„Und ich hab’s verdammt eilig!“
„Wenn Sie’s so verdammt eilig haben,
wieso brauchen Sie dann Bremsen?“

Witz-Special:

Maus und Elefant

Maus und Elefant gehen über eine Brücke.
Sagt die Maus: „Hörst du, wie wir trampeln?"

Maus und Elefant wollen über die Grenze.
„Aber, wie soll ich durch den Zoll kommen", sagt der Elefant zur Maus. „Du hast es da leicht, dich sieht man nicht."
„Kein Problem", sagt die Maus. „Das haben wir gleich."
Und sie klebt dem Elefanten ein halbes Brötchen auf den Kopf und das andere halbe Brötchen aufs Hinterteil.
„So, und jetzt bist du mein Reiseproviant", sagt sie.

Der Wanderzirkus verlädt seine Tiere in Eisenbahnwagen.
Es herrscht überall große Hektik.
Als der Elefant einsteigt, drängelt die Maus nach.
Da dreht sich der Elefant um und sagt:
„Nun drängle doch nicht so!"
Da erwidert die Maus:
„Weißt du was? Rutsch mir doch den Buckel runter!"

Maus und Elefant marschieren durch die Wüste.
Die Maus geht im Schatten des Elefanten.
Nach einiger Zeit sagt sie:
„Du, wenn es dir zu heiß wird, können wir tauschen!"

„Du, Mami", sagte die kleine Maus. „Ich möchte auch einen Elefanten."
„Wie stellst du dir das vor", sagte die Maus-Mami.
„Woher sollen wir einen Elefanten nehmen?"
„Wir gehen in den Zoo und klauen uns einen."
„Das geht nicht. Die sind alle gezählt."

Maus und Elefant kommen zu einer alten, wackeligen Holzbrücke.
„Das sieht verdammt gefährlich aus", sagte die Maus.
„Weißt du was? Ich geh jetzt voraus – und wenn sie hält, kannst du nachkommen."

Die Elefanten spielen Fußball mit der Mäuse-Elf.
Da tritt der Elefant der Maus auf den Fuß und sie hüpft im Dreieck.
Dem Elefanten ist das peinlich und er entschuldigt sich unaufhörlich.
Darauf sagt die Maus: „Mach dir nichts draus, das hätte mir genauso passieren können."

Mitleidig blickt der Elefant auf die Maus runter.
„Du bist aber klein!“, sagt er.
„Weißt du, ich war lange krank.“

Die Maus sitzt im Kino. Genau in dem Moment, als der Hauptfilm beginnt, kommt der Elefant und setzt sich exakt vor die Maus. Wütend steht sie auf, geht zwei Sitzreihen vor und setzt sich vor den Elefanten hin.
Dann zischelt sie zurück:
„So, jetzt kannst du sehen, wie das ist, wenn sich einer genau vor dich hinsetzt.“

Maus und Elefant schleichen über die Kellertreppe.
„Pass auf!“, sagt die Maus. „Hier stehen Mausefallen!“

Penner, Cowboys

und
Ganoven

Der Schiefe Otto, Spezialist für todsichere Einbrüche, stand vor dem Richter.
„Also, mit diesem Einbruch hab ich nichts zu tun – absolut nichts!“, sagte er.
„Reden Sie nicht“, widersprach der Richter.
„Am Tatort hat man Ihre Fingerabdrücke gefunden!“
„Haha! Das ist absolut unmöglich“, sagte Otto.
„Wo ich doch Handschuhe anhatte!“

„Angeklagter“, sagte der Staatsanwalt, „ich habe drei Zeugen, die gesehen haben, wie sie in die Old-Texas-Bank eingebrochen sind.“
„Dass ich nicht lache“, entgegnete Chaos-Harry, „ich kann dreißig Kumpel bringen, die nicht gesehen haben, dass ich in die Bank eingebrochen bin.“

„Ich habe Sie jetzt zu fünf Baustellen geschickt“, sagte der Herr vom Arbeitsamt zu Fuzzi, dem Berufspenner, „und nirgends haben Sie zu arbeiten begonnen!“
„Ja, das kommt daher, dass vor jeder Baustelle ein Schild stand: Betreten der Baustelle verboten!“

Wieder wird Tresor-Jimmy freigesprochen.
„Man hat Ihnen nicht 100-prozentig nachweisen können, dass Sie den Geldtransport überfallen haben!“, sagt der Richter.
„Soll das heißen, dass ich die zwei Millionen behalten darf?“, fragt Jimmy strahlend.

Ein Skelett kommt in ein Gasthaus und setzt sich an einen Tisch.
Nach einiger Zeit kommt der Ober und wird bleich.
„Entschuldigen Sie“, sagt der Ober, „ich wusste gar nicht, dass Sie schon so lange warten!“

Fuzzi, der Penner, war wieder einmal voll bis zum Hemdkragen und hat seinen Rausch im U-Bahn-Schacht ausgeschlafen.
„Wo warst du heute Nacht?“, fragt ihn sein Freund.
„Keine Ahnung. Bei irgendeinem Kumpel im Keller. Aber du, eine elektrische Eisenbahn hat der! Phänomenal, kann ich dir sagen!“

Der Pastor predigt gegen die Spielleidenschaft.
„Unglaublich, wie viel kostbare Zeit beim Kartenspiel verplempert wird!“
„Ja, besonders wenn irgend ein Trottel so lange mischt!“, flüstert Cowboy Billy Bill seinem Nachbarn zu.

Nachts um 3 Uhr in der Kneipe **Zum Vollmond:**
„Jetzt wird meine Frau wieder vor Wut kochen“, sagte Klaffke.
„Du hast’s gut“, meinte Freund Stoppka, „ich krieg nie was Warmes, wenn ich so spät heimkomm.“

„Es gibt viele Möglichkeiten zu Geld zu kommen, aber nur eine davon ist anständig“, sagte Fuzzi zu dem stinkreichen Ganoven-Chef.
„Und welche ist das?“, fragte der Chef.
„Haha! Dachte ich mir doch, dass Sie die nicht kennen“, sagte Fuzzi.

Der Panzerknacker-Hugo steht vor der Entlassung. Der Gefängnispfarrer kommt zu ihm und sagt: „Hugo, wenn du draußen bist, würde ich dir gerne helfen."
„Das ist schön von Ihnen, Herr Pfarrer, dass Sie das sagen", meint Hugo. „Aber dass Sie sich da bloß nicht täuschen. Panzerknacken ist gar nicht so einfach!"

Fuzzi, der Berufspenner, rollt sich in den Schlafsack und sagt zu seinem Kumpel: „He du, wenn ich Durst hab, weckst du mich!"
„Ja, woher soll ich wissen, wann du Durst hast?", sagt der Kumpel.
„Ist doch klar. Immer, wenn du mich weckst", sagt Fuzzi.

Tresor-Jimmy und Bronzi durchwühlen im Wolkenkratzer die Büroräume von Smith Ltd., um zu sehen, was da herumliegt, das sich mitzunehmen lohnt.
Da, plötzlich Schritte im Flur!
So spät nachts kann das nur die Polizei sein!
„Mensch, los! Spring schnell aus dem Fenster", flüstert Jimmy.
„Bist du wahnsinnig! Ich soll aus dem 13. Stock springen!"
„Halt's Maul und spring", sagt Jimmy. „Jetzt ist keine Zeit für Aberglauben!"

„Wie spät ist es?“, fragt Fuzzi.
„Halb“, sagt Schlurf.
„Halb was? Halb drei, vier oder fünf?“
„Halb – weiß ich nicht“, sagt Schlurf.
„Der kleine Zeiger von meiner Uhr ist abgebrochen.“

„Was hat dich hierher geführt?“, fragte der Gefängnispfarrer den Schiefen Otto.
„Allein mein Glaube“, sagte Otto.
„Was du nicht sagst. Und wie kam das?“
„Weil ich geglaubt habe, dass in der Bank keine Alarmanlage ist.“

„Kannste mir schnell mal fünf Mille pumpen?“, fragte Stoppka. „Kriegste gleich wieder, wenn die Bank geschlossen hat.“

„Hast du keine Angst, dass dir Lily, deine Braut, durchbrennt, wenn du jetzt fünf Jahre sitzen musst?“, fragte Bronzi den Chaos-Harry.
„Überhaupt nicht. Da kennst du Lily schlecht“, sagte Harry. „Erstens liebt mich Lily, dann ist sie grundanständig und ehrlich. Und drittens sitzt sie auch, die Lily.“

„Sie haben also Falschgeld gemacht“, sagte der Richter.
„Was haben Sie dazu zu sagen?“
„Ja, eigentlich wollten wir ja echtes Geld machen.
Aber das ist uns nicht gelungen.“

Zum fünften Mal steht Klaffke jetzt vor dem Untersuchungsrichter.
„Ich habe Ihnen doch das letzte Mal gesagt, dass ich Sie hier nicht mehr sehen will!“, schimpft der Richter.
„Das habe ich den Polizisten auch gesagt, aber die haben mich trotzdem wieder hergebracht“, verteidigt sich Klaffke.

Schlurf, der Penner, will die auf der Polizeiwache mal so richtig auflaufen lassen.
„Wo wohnst du?“, wird er gefragt.
„Mal hier, mal dort.“
„Was arbeitest du?“, fragt der Beamte weiter.
„Mal dies, mal das.“
„Und wie oft arbeitest du?“
„Mal mehr, mal weniger.“
„Dann ist alles klar. Wir sperren dich erst mal ein.“
„Ja, um Gottes willen! Und wann komm ich wieder raus?“
„Früher oder später.“

Eine finstere Gestalt kriecht nachts um eine Straßenlaterne herum.
„Was machen Sie da?“, fragt ein Polizist.
„Ich suche meinen Autoschlüssel“, sagt der Mann.
„Haben Sie den hier verloren?“
„Nein, hier nicht, aber hier ist das beste Licht.“

„Sie hatten also Streit mit Ihrem Freund Jimmy“, sagte der Richter. „Und was geschah dann?“
„Dann hab ich ihn mit Tomaten beworfen.“
„Und nun erklären Sie mir, woher die Platzwunden an seinem Kopf kommen.“
„Ja, die kommen daher … Wissen Sie, die Tomaten waren noch in den Dosen drin.“

„Unser Freund Roxy ist nicht mehr unter den Lebenden."
„Wie kam das?"
„Er fiel von einem Gerüst."
„Wollte er irgendwo einsteigen?"
„I wo. Er wurde gehängt."

„Mein Sohn ist erst sieben Monate alt und sitzt schon", sagt der schiefe Otto.
„Oje. Was hat er denn angestellt?", fragt Freund Bronzi.

„Geben Sie doch das Klauen endlich auf", sagte der Richter, „jedes Mal werden Sie erwischt!"
„Jedes Mal, sagen Sie? Wenn Sie wüssten ...", sagte der Ganove.

Besuchszeit in Sing Sing.
„Hast du die Feile gefunden, die ich dir in den Gesundheitskuchen gebacken habe?", flüsterte die Gangsterbraut Lola.
„Bisher noch nicht. Aber morgen. Da schneiden sie mir nämlich den Bauch auf", sagte der Schiefe Otto.

„Das verstehe ich nicht", sagte der Richter. „Wenn Sie schon in die Villa von dem Ölmulti eingebrochen sind, warum haben Sie nur das Geld mitgenommen und den ganzen Brillantschmuck liegen gelassen?"
„Jetzt fangen Sie auch noch an wie meine Frau", sagte der Einbruchsspezialist Otto.

Stoppka erklärt dem Richter:
„Ich sah das Motorrad ganz allein und unbewacht am Brückengeländer stehen und dachte mir, das nimmste mit, ehe es geklaut wird.“

„Was macht der Moneten-Paule?“
„Der sitzt.“
„Warum?“
„Weil er gestanden hat.“

Ein Bäcker steht vor dem Richter.
„Ich gestehe ja, dass ich Sägemehl in den Teig gemischt habe. Aber ich habe die Ware korrekt als Baumkuchen verkauft.“

Ein Polizist fragt einen einsamen Angler:
„Haben Sie eine Angelkarte?“
„Mit mir können Sie keine Geschäfte machen“, antwortet der Angler. „Ich finde die Fische auch so.“

Sagt der Polizist: „Wenn das Licht nicht funktioniert, absteigen!“
Sagt der Radfahrer: „Hab ich schon probiert. Aber es geht trotzdem nicht!“

Bill zerschlägt seine volle Weinflasche auf Jims Kopf.
„He, was soll das?“, ruft Jim. „Hast du keinen Korkenzieher?“

Sagt ein Polizist zum anderen:
„Drei Stunden hab ich gestern den Ede verhört!"
„Und – hat er gestanden?"
„Ja, glaubst du, ich habe ihm auch noch einen Stuhl angeboten?"

Der Fahrer rast durch die Stadt.
Ein Polizist hält ihn an: „Haben Sie das Schild mit der Geschwindigkeitsbegrenzung nicht gelesen?"
Der Fahrer schüttelt den Kopf.
„Was denn? Lesen? Bei dem Tempo?"

Der Richter fragt den Landstreicher:
„Welche Schulbildung besitzen Sie?"
„Bin Analphabet", entgegnet der Landstreicher.
„Aha, buchstabieren Sie bitte!"

„Angeklagter, nach unserem Recht sind Sie unschuldig, bis ein Urteil gegen Sie ergangen ist."
„Gut, Herr Richter, dann verzichte ich auf das Urteil!"

„Herr Angeklagter, Sie stehen heute ja schon zum zehnten Mal vor mir!", sagt der erstaunte Richter.
„Ja", meint der Angeklagte, „wenn mir einer sympathisch ist, kriegt er alle meine Aufträge."

Der Polizist schnappt sich den Penner Schlurfi.
„Hören Sie mal", sagt er, „Sie schieben da einen Einkaufswagen voller Plastiktaschen durch die Gegend. Was haben Sie da drin?"
„Alles", sagt Schlurfi.
„Was heißt hier ‚Alles'?"
„Ja, alles eben, mein Wohnzimmer, mein Schlafzimmer, die Küche und das Bad."

„Warum haben Sie parkende Autos aufgebrochen?"
„Ich bin nicht mehr der Jüngste. Die fahrenden Autos sind mir zu schnell, Herr Richter."

Der Richter sagt zum Angeklagten:
„Nun hoffe ich, dass wir uns zum letzten Mal gesehen haben!"
„Wieso, Herr Vorsitzender? Gehen Sie etwa in Pension?"

Lilli, die Gangsterbraut, ist eifersüchtig. Sie fragt ihren Freund Harry: „Wo hast du dich gestern Nacht herumgetrieben, in der Zeitung steht heute gar nichts von einem Einbruch!“

Die Einbrecher stehen in der großen Halle vor dem Geldschrank und schweißen ihn auf. Doch der Tresor ist leer. Na gut, dann den nächsten. Sie arbeiten wie verrückt, die Tür geht auf, der Geldschrank ist wieder leer. Dann der dritte, der ist auch leer. Jetzt der vierte – ist wieder leer.

Da sagt Chaos-Harry zu seinem Freund Jimmy: „Du, ich glaub, wir Idioten sind in eine Geldschrankfabrik eingebrochen.“

Witz-Special:

Der kluge Hund

Zwei Dackel stehen vor einer Metzgerei und schnuppern.
„Weißt du was“, sagt der eine, „jetzt gehen wir rein.“
„Aber da steht: ‚Für Hunde verboten!‘“
„Ach was, wir sagen einfach, dass wir nicht lesen können.“

„Wie heißt dein Hund?“
„Der hat keinen Namen.“
„Warum das?“
„Der kommt ja doch nicht, wenn man ihn ruft.“

„Ist der Hund treu?“, fragte der Kunde.
„Und ob“, sagte der Verkäufer. „Ich hab ihn schon fünf Mal verkauft, und immer ist er wieder zu mir zurückgekommen.“

„Ich möchte den Hund kaufen, der gestern als der beste Wachhund der Welt ausgezeichnet wurde.“
„Den habe ich nicht mehr“, sagte der Tierhändler, „der wurde mir heute Nacht geklaut.“

„Es gibt Hunde, die sind klüger als ihr Herrchen“, erklärte Christian.
„Weiß ich, weiß ich“, sagte Lothar. „Einen solchen hab ich auch schon gehabt.“

„Der Hund, den Sie mir verkauft haben, taugt nichts“, schimpfte Herr Meisenbrink.
„Heute Nacht hat er so laut gebellt, dass ich die Einbrecher nicht gehört hab.“

„Mag der Hund kleine Kinder?“, fragt der Kunde den Hundezüchter.
„Ganz bestimmt“, sagt der. „Aber billiger kommen Sie weg, wenn sie Hundefutter kaufen.“

Beim Hundepsychiater:
„Herr Doktor, was soll ich machen. Mein Bello jagt immer hinter Kleinwagen her?“
„Und, ist das so schlimm? Der erwischt ja doch keinen.“
„Normalerweise nicht. Aber wenn er einen kriegt, dann vergräbt er ihn im Garten.“

„Was, das soll ein Polizeihund sein? So sieht der aber nicht aus!“
„Darf er auch gar nicht. Der ist bei der Kripo und geht in Zivil.“

Sagte die Millionärin:
„Mein Hundidarling war gestern sehr, sehr unfolgsam. Darum muss ich ihn leider sehr hart bestrafen."
„Um Gottes willen", sagte die Freundin. „Hoffentlich bestrafst du ihn nicht zu hart!"
„Doch. Was sein muss, muss sein! Hundidarling darf eine Woche lang nicht mehr das silberne Halsband mit den Diamanten anziehen."

„Ist euer neuer Wachhund scharf?“
„Das kann man wohl sagen! Seit einer Woche versuchen wir wieder in unsere Wohnung zu kommen!“

„Frau Meier!“, ruft die Nachbarin,
„ihr Hund hat meinen Wellensittich gefressen!“
„Oh, gut dass Sie das sagen, dann bekommt er heute nichts mehr.“

Sagt ein Hund zum anderen:
„Du siehst schlecht aus. Du solltest mal zum Arzt gehen.“
„War ich schon. Der hat nichts gefunden.“
„Dann geh doch mal zum Psychiater.“
„Zwecklos. Ich darf ja doch nicht auf die Couch.“

Sagt der Kunde zum Friseur:
„Ihr Hund scheint Spaß daran zu haben, zuzuschauen, wie Sie ihren Kunden die Haare schneiden.“
„Stimmt – manchmal fällt dabei auch ein Ohr für ihn ab.“

Echt
gut drauf

und

voll daneben

„Mein Freund ist wahnsinnig eifersüchtig“, sagt Amanda. „Gestern hat er meinen Taschenkalender durchgeblättert und wollte unbedingt wissen, wer August ist.“

„Moritz, komm rein!“, rief Daniel seinen Freund. „Geht nicht“, rief Moritz zurück. „Ich hab dreckige Füße.“

„Macht nichts“, meinte Daniel, „kannst ja die Schuhe anbehalten.“

„Papa“, sagte Linda zu ihrem lieben Vati. „Ich soll dir ausrichten: Morgen ist kleine Elternversammlung.“

„Was soll das heißen, kleine Elternversammlung? Wer kommt da alles?“

„Nur du und der Herr Direktor.“

Mama stellt einen grünen Wackelpudding auf den Tisch. „Igitt, igitt, den ess ich nicht“, sagt Carola. „Der ist ja noch gar nicht tot!“

„Kommst am Freitag zu mir?“, fragte Ricky, „dann spielen wir im Garten Fußball.“

„Wenn es aber am Freitag regnet?“, fragte Roman.

„Dann kommst du einfach schon am Donnerstag!“

Die Pfadfinder veranstalten ein Gartenfest mit Sammlung für arme Kinder in der Dritten Welt. Alles ist da: Musik, Pressefotograf, Sammelkörbchen und sogar unser Bundestagsabgeordneter, der gleich eine Rede hält. Da sagt einer der Pfadfinder zum Pressefotografen: „Fotografieren Sie den Abgeordneten nicht jetzt während der Rede. Erst dann, wenn er seine Spende ins Körbchen legt!“

Kim schenkt seiner Freundin Susanne einen Ring.
„Ist der echt?“, fragt Susanne.
„Na klar doch. Sonst hätte er nicht vier Euro gekostet.“

„Ihr Mädchen glaubt wichtig zu sein. Dabei bekomm ich für 40 Euro einen Papagei, der nicht halb so viel Blödsinn quatscht wie ihr“, schimpft Jan.
„Das ist bei euch Jungs schon viel teurer“, kontert Sonja. „Für einen ordentlichen Esel muss man schon 400 Euro hinblättern.“

„Wie teilst du dir dein Taschengeld ein?“, wird Holger gefragt.
„Ganz einfach“, sagt er. „Fünfzig Prozent nehm ich für Süßigkeiten, Cola und so, fünfzig Prozent für Klamotten, fünfzig Prozent für Kino und Disko und fünfzig Prozent fürs Moped.“
„Ja, Mensch, das sind ja zusammen zweihundert Prozent!“
„Jetzt wird mir klar“, erwidert Holger, „warum ich nie mit meinem Geld zurecht komme!“

Susanne ist total genervt, denn Freddy labert ungebremst auf sie ein.
„Du, pass mal auf“, sagt sie. „Kannst du eigentlich subtrahieren?“
„Aber klar doch“, meint Freddy.
„Na, dann zieh mal ab“, sagt Susanne.

„Na hör mal, du stehst da an der Straßenecke herum und rauchst. Was wird da dein Lehrer sagen, wenn er das sieht!“
„Hihi“, sagte der Knirps. „Ich geh ja noch gar nicht zur Schule.“

„Möchtest du noch ein Stückchen Braten?“, fragte die Tante Adelgunde.
„Ja, aber bitte gar nicht viel“, antwortete Kurt.
„Nur so ein lächerlich kleines Stück wie das erste Mal.“

„Sag mal, Biggi, was macht dein neuer Freund beruflich?“
„Er ist bei der Kirche.“
„Küster?“
„Oh ja, ganz fantastisch!“

Der Linienbus ist voll wie eine Heringsbüchse. Eine alte Dame muss stehen. Neben ihr sitzt gemütlich Freddi auf seinem Platz.
„Na, willst du nicht aufstehen?“, sagt die alte Dame.
„Bin ich blöd?“, sagt Freddi. „Nachher setzen Sie sich auf meinen Platz.“

Kurti kommt heulend heim: „Der Ricki hat mich verhauen!“
„Dann hast du's ihm hoffentlich ordentlich zurückgegeben.“
„Nein. Ich hab ihn schon zuerst verhauen.“

Zwei Liedermacher unterhalten sich.
Meint der eine: „Ist schon prima, dass unsere Fans uns einmal zusammen auftreten sehen!“
Wundert sich der andere: „Wieso denn unsere? Ich denk, deiner ist im Urlaub?“

„Betest du eigentlich vor dem Essen?“
„Nein, wozu? Meine Frau kocht ausgezeichnet.“

Prahlt der coole Fred:
„Ich stemme locker zwei Zentner ohne rot zu werden!“
Erwidert Jan:
„Das ist noch gar nichts. Ich stemme zwanzig Schnäpse ohne blau zu werden!“

Auf einer Tafel in der Telefonzelle steht:
„Bitte das zweite Geldstück erst nach dem ersten einwerfen.“
Fritzchen schreibt drunter:
„Hab es umgekehrt versucht. Ging trotzdem!“

„Zum Frühstück bevorzuge ich eine Flasche Wein, eine Schachtel Kekse und einen Hund.“
„Aber wozu denn einen Hund?“
„Na, einer muss doch die Kekse essen!“

„Unser Schwimmbad in Hinterhöslreut hat drei Becken“, erklärt stolz der Herr Bürgermeister. „Eins ist mit kaltem Wasser, eines mit warmem Wasser und eins ganz ohne Wasser.“

„Ganz ohne Wasser? Was soll das?“, wird er gefragt.

„Das ist für die Nichtschwimmer.“

„Ulrike, zwei Ausdrücke will ich von dir nie mehr hören! Der eine ist saublöd und der andere ist scheiße!“

„O. k., Mami, welche beiden Ausdrücke meinst du denn?“

Spricht einer einen Angler an und fragt:

„Was angelst du denn?“

„Forellen“, sagt der Angler.

„Und? Hast du schon welche gefangen?“

„Nein, nicht eine einzige.“

„Woher weißt du dann, dass du Forellen angelst?“

Bleibt einer am Fluss hinter einem Angler stehen und fragt:
„Beißen sie?"
„Nur wenn man mich beim Angeln stört", sagt der Angler.

„Papi, ich hab beschlossen Polarforscher zu werden!"
„Prima, mein Sohn."
„Da muss ich ab sofort fleißig trainieren!"
„Tu das, mein Sohn!"
„Dann gib mir schon mal 10 Euro. Ich muss täglich wahnsinnig viel Eis essen um mich an die Kälte zu gewöhnen!"

Klaus Kleinhirn hockt vor der Glotze.
Fußball-Länderspiel.
Da läutet das Telefon.
Es ist der Nachbar Krause, der wissen will, ob Kleinhirn mal schnell rüberkommen kann.
„Geht jetzt nicht", sagt Kleinhirn. „Der Doktor hat mir viel Sport verordnet."

Crash an der Kreuzung.
Zwei Typen brüllen sich an.
„Hast du überhaupt schon mal eine Fahrprüfung gemacht?!", schreit der eine.
„Bestimmt schon öfter als du!", brüllt der andere.

„Ich weiß ein Rätsel!“, sagt Tommi zu seinen Freunden. „Was ist das: Es hat vier Beine, ist aus Holz und springt so hoch wie der Kölner Dom?“

„Keine Ahnung“, sagen die Freunde.

„Das ist ein Schaukelpferd!“, erklärt Tommi.

„Aber ein Schaukelpferd kann doch gar nicht springen!“

„Der Kölner Dom auch nicht!“, sagt Tommi.

„Als sich gestern der Starpianist Iwan Tscherinsky ans Klavier setzte, haben alle gelacht.“

„Wieso?“

„Weil kein Stuhl da war!“

„Findest du, dass die Schlamm-Gesichtsmaske unsere Uschi hübscher macht?“

„Ja klar, so lange sie die Maske drauf hat.“

Das Theaterstück ist phänomenal. Die Zuschauer sind hingerissen.

„Schau, direkt unter uns ist eine Dame sogar ohnmächtig geworden", flüstert Frau Mausmeier ihrem Gatten zu.

„Ja, das glaub ich dir gleich", erwidert Herr Mausmeier, „ich habe nämlich vor Rührung soeben das Opernglas fallen lassen."

„Ich hab keinen Bock darauf, hier noch länger herumzuhängen", sagte die Glühbirne – und brannte durch.

„Wo hast du deine Armbanduhr gelassen?"
„Ach, die geht immer vor. Die ist sicher schon zu Hause."

Mandy hält dem Boxstar Macky Maccino einen schmierigen, zerknüllten Fetzen Papier hin.
„Und da soll ich dir ein Autogramm draufschreiben, auf diesen vergammelten Fetzen?", schimpft der Superstar.
„Das macht nichts", sagt Mandy. „Ich schreibe die Autogramme sowieso alle zu Hause sauber in mein Album."

„Wie geht dein Skateboard?"
„Ein Skateboard geht nicht. Es fährt."
„O. k. Und wie fährt es?"
„Na ja, es geht."

Witz-Special:

Noch mehr schlaue Fragen

Was ist der Unterschied zwischen Kindern und Erwachsenen?
Erwachsene weichen Pfützen aus.

Kennst du den Unterschied zwischen Tee und Kaffee?
Der Tee muss ziehen, der Kaffee darf sich setzen.

Zwischen einem Elefanten und einem Weihnachtsstollen?
Den Elefant kann man nicht in eine Tasse tunken.

Zwischen einem Cello und einer Geige?
Das Cello brennt länger.

Zwischen einem Klavier und einer Flöte?
Auf einer Flöte kann man kein Bier abstellen.

Zwischen Wasser und Zimmer aufräumen?
Wasser ist flüssig, Zimmer aufräumen ist überflüssig.

Zwischen einem Krokodil?
An Land geht's und im Wasser schwimmt's.

Wie kann man aus Schweinegulasch ein Rindergulasch machen?
Man hält den Teller schief, dann rinnt's Gulasch.

Wann sagt ein Japaner „Guten Abend"?
Wenn er Deutsch kann.

Und was ist der Unterschied zwischen Bluejeans und einem Lehrerkollegium?
Da gibt's keinen. An den wichtigsten Stellen sitzen Nieten.

Was ist unlogisch?

– Wenn man einen Betrunkenen nicht für voll nimmt.

– Wenn sich Uschi für ein Eis erwärmt.

Was ist der Unterschied zwischen einer Bassgeige und einem Eichhörnchen?

Die Bassgeige ist aus Holz, das Eichhörnchen läuft im Wald herum.

Was haben Geburtstage, gute Vorsätze und Regenschirme gemeinsam?

Sie werden vergessen.

Warum kräht der Hahn mit geschlossenen Augen?

Weil er den Text auswendig kann.

Wie bleibt Schweinefleisch jahrelang frisch ohne Konservierungsmittel?

Man lässt das Schweinchen leben.

Warum summen die Bienen?

Ist doch klar, weil sie den Text vergessen haben.

Lauter Schwindel:

– Das Wachstuch wächst nicht.

– Die Wachskerze wird sogar immer kürzer.

Was ist schwarz und weiß und rot?
Ein Pinguin mit Sonnenbrand.

Was macht die Schildkröte auf der Autobahn?
Ungefähr 150 Millimeter pro Stunde.

Wie fängt man einen Affen?
Man hängt sich an einen Baum und ahmt das Geräusch einer Banane nach.

Was sagt man, wenn man ein Monster mit zwei Köpfen trifft?
„Guten Tag. Guten Tag."

Was fressen See-Monster?
Fish and ships.

Die Familien-Bande

„Welchen von deinen Brüdern magst du am liebsten, den Horst oder den Jörg?“
„Bin doch nicht blöd und sag das. Sonst verhaut mich der andere.“

„Kann ich morgen einen freien Tag bekommen?“, fragt Herr Blümlein seinen Chef. „Meine Frau hat Frühjahrsputz und ich soll ihr dabei helfen.“
„Also, ich fürchte, das geht auf keinen Fall“, erwidert der Chef.
„Oh, danke vielmals“, sagt Blümlein, „ich wusste doch, dass ich mich auf Sie verlassen kann.“

„Wer hat diesen Hausaufsatz geschrieben?“
„Mein Papa.“
„Und du?“
„Ich hab ihm dabei geholfen.“

„Ich hab dir einen Geburtstagskuchen gebacken“, sagt Melanie. „Aber mit den Kerzen hab ich das nicht so recht hingekriegt.“
„Ja, Mensch“, du hättest die Kerzen ja erst nach dem Backen draufstecken dürfen!“

„Was verlangen Sie dafür, dass Sie meine Kinder fotografieren?“
„40 Euro für das Dutzend.“
„Oh, dann warte ich noch ein bisschen, ich habe bisher nur sechs Kinder.“

„Bei uns zu Hause ist ständig Krach. Wir haben einen Säugling und der brüllt pausenlos.“
„Und warum brüllt er?“
„Weil er Zähne kriegt.“
„Wieso? Will er denn keine?“

„Pass auf, ich habe das Parkett im Wohnzimmer frisch gebohnert.“
„Kein Problem. Ich hab ja die Spikes an.“

„Was suchst du im Bad?“
„Deine Nachtcreme, Mama.“
„Warum?“
„Weil ich nicht schlafen kann.“

„Mensch, hast du dir ein tolles Chemielabor eingerichtet“, sagt Mark zu Thomas.
„Quatsch, von wegen Chemielabor. Das ist der Toilettentisch meiner Schwester“, entgegnet Thomas.

„Lars hat so schöne blaue Augen“, schwärmt Sandra.
„Die hat er von seinem Vater, der ist Boxer“, stichelt Julia.

„Warum spielst du nicht mehr mit Oskar?“
„Würdest du mit jemandem spielen, der dauernd streitet und bescheißt und beleidigt ist, wenn er mal verliert?“
„Nein. Natürlich nicht.“
„Siehst du. Das sagt Oskar auch.“

Simone fährt ihre kleine Schwester im Kinderwagen spazieren.
Kommen Jan und Kim daher und fragen fachmännisch:
„Lass sehen! Ist das ein Junge?“
„Nein.“
„Ein Mädchen?“
„Wie seid ihr da bloß so schnell draufgekommen?“

„Sag bitte der Mama nicht, dass ich ihr Pralinen zum Geburtstag gekauft habe."
„Willst du sie überraschen?"
„Ich habe die Pralinen aufgegessen."

„Ich habe einen sehr gescheiten Bruder, der kann schon mit zehn Monaten laufen."
„Meiner ist noch viel gescheiter, der lässt sich noch mit zwei Jahren tragen."

„Keine einzige Zahl im Lotto richtig", seufzte der Vater am Samstagabend.
„Nimm's nicht so tragisch", tröstete der Sohn, „mir ging's heute in der Mathe-Schulaufgabe genau so."

„Mami", sagt Jasmin, „mein Sparschwein hat ja gar nichts gespart!"

„Toll, dass du noch eine Eintrittskarte zum Konzert von den Hipp Hoppers gekriegt hast."
„Die hab ich von meiner Schwester."
„Und wo ist deine Schwester?"
„Die ist zu Hause und sucht die Eintrittskarte."

„Warum habt ihr euer Brüderchen in so ein hohes Bett gesteckt? Ist das nicht gefährlich?"
„Ganz im Gegenteil, wir haben das extra so gemacht, damit wir gleich hören, wenn er runterfällt."

Mama hat Drillinge bekommen.
Kurti steht vor den drei Bettchen und fragt: „Müssen wir die alle behalten oder ist das eine Auswahlsendung?"

„Papa, wir müssen wieder einmal unter drei Augen sprechen“, sagt Susanne.
„Du meinst, unter vier Augen.“
„Nein, drei. Eins musst du nämlich zudrücken.“

Kordula spricht mit Papa. Der sitzt vor der Glotze.
„Papa, du hörst mir ja gar nicht zu.“
„Freilich hör ich dir zu.“
„Bestimmt nicht, denn sonst hättest du schon längst losgebrüllt.“

„Wieso legst du den Teddy in den Kühlschrank?“
„Ich möchte einen Eisbären aus ihm machen.“

„Bist du fertig? Hast du endlich deine Schuhe an?“
„Ja. Alle bis auf einen.“

„Ich bin ganz verrückt nach Fruchteis.
Hast du das schon gemerkt?“, sagt Anna.
„Ja. Aber ich habe nicht gewusst, dass das vom Fruchteis kommt“, kontert ihr Bruder Jonas.

„Wer entscheidet bei euch, was ihr im Fernsehen einschaltet, du oder deine Schwester?“
„Wir stimmen ganz demokratisch ab. Und bei Stimmengleichheit entscheidet meine Schwester“, sagt Hugo.

„Heute gibt es Ravioli nach einem Rezept, das ich im Fernsehen gesehen habe“, sagt Mama.
Sie stochern eine Weile in den Ravioli herum.
Dann meint Freddi:
„Ich glaube, da muss einer mal aufs Dach klettern und die Antenne reparieren.“

„Papilein“, sagt Martin, „darf ich heute ins Kino gehen. Da ist eine einmalig günstige, preiswerte Sache. So was gibt's so schnell nicht wieder.“
„Und was ist da so einmalig günstig und preiswert?“
„Ja, die spielen einen Film, der hat – schau her, da steht es – der hat fünfzig Millionen Dollar gekostet. Und ich komme für lächerliche fünf Euro hinein!“

„Ich glaub, unser Alfred hat meine Intelligenz“, sagte der Vater.
„Das kann schon sein“, antwortete die Mutter, „ich hab ja die meine noch.“

„Und wie ist das, wenn du von deinem Daddy Geld haben willst?“
„Dann ist es, wie wenn ich meinem kleinen Bruder den Schnuller aus dem Mund ziehe.“
„Ja, wie denn?“
„Es entsteht beide Male ein schreckliches Gebrüll.“

„Was bedeutet der Knoten in deinem Taschentuch?"
„Mama hat gesagt, ich muss ihn reinmachen, damit ich nicht vergesse, ihren Brief in den Postkasten zu werfen."
„Und, hast du ihn eingeworfen?"
„Nein, sie hat vergessen, mir den Brief mitzugeben."

„Ich kann die Teebeutel nicht finden", ruft Susi ins Wohnzimmer hinüber.
„Ich versteh nicht, wie du dich wieder so anstellen kannst!", ruft Mama zurück. „Im Küchenkasten rechts oben ist eine Büchse, auf der steht Kakao. Und da ist der Tee drin."

Mama will am Samstag einkaufen. Darum soll Papa ausnahmsweise bei den drei Kindern bleiben. Er tut es. Aber Papa ist Statistiker in einer großen Firma. Darum findet Mama, als sie heimkommt, einen Zettel auf dem Küchentisch:

Tränen getrocknet	9 Zeiteinheiten
Schuhbänder gebunden	12 Zeiteinheiten
Mineralwasser geholt	18 Zeiteinheiten
Luftballon aufgeblasen	3 Zeiteinheiten pro Kind
durchschnittliche Lebensdauer pro Ballon	3 Sekunden
Den Kindern eingeschärft, dass sie nicht auf die Straße laufen	21 Zeiteinheiten
Die Kinder geschimpft, weil sie auf die Straße gelaufen sind	21 Zeiteinheiten
Zahl der Samstage, an denen der Vater so etwas noch einmal machen wird	0

Holger hat Krach mit Schwesterchen Anja.
„Und alles, was du sagst“, faucht er, „geht bei einem Ohr rein und beim anderen wieder raus.“
„Ja, natürlich. Ist ja auch nichts dazwischen“, sagt Anja.

„Papa, darf ich vom Bier trinken?"
„Jetzt nicht! Erst wenn du erwachsen bist!"
„Ja, aber dann ist es schon lauwarm."

Die ganze Familie sitzt vor der Glotze. Es wird immer später und später.
Auf dem Bildschirm erscheint das Fernsehballett mit Tänzerinnen, die ziemlich wenig anhaben.
„So", sagt die Mama zu den Kleinen. „Wir gehen jetzt alle brav ins Bett. Die Tanten im Fernsehen sind auch schon ausgezogen."

„Papa, wie schreibt man Xylophon?"
„Xylophon schreibt man nicht, Xylophon spielt man."

Patrick hat mit seiner Schwester Susanne einen Saukrach gehabt. Und jetzt reden sie nicht mehr miteinander. Abends legt Patrick einen Zettel auf ihren Nachttisch:
„Weck mich morgen um 7 Uhr."
Und als er am nächsten Tag gegen Mittag wach wird, findet er auf dem Nachttisch einen Zettel:
„Guten Morgen. Es ist jetzt genau 7 Uhr."

Fragt Mamilein nach dem ersten Vormittag im Kindergarten:
„Nun, hast du heute schon etwas gelernt?"
„Ja."
„Und was?"
„Dass ich gar nicht ‚Schatzi' heiße, sondern Henry."

„Wie schaffen Sie es, dass die Kinder nicht jetzt schon die Weihnachtsplätzchen wegfuttern?", fragt Frau Kuh die Frau Drexl.
„Ganz einfach", sagt Frau Drexl, „ich sperre die Plätzchen in die Vorratskammer und versteck den Schlüssel unter der Seifenschale im Bad."

„Jetzt ist es Zeit, dass alle braven Kinder ins Bett gehen", sagt die Mutter.
„Mami. Erinnere dich. Du hast gesagt, dass ich heute gar nicht brav war", erwidert Felix.

„Eine Stimmung ist wieder bei uns zu Hause“, mault Werner. „Nur der Telefonhörer ist gut aufgelegt.“

„Ich habe dich gerufen und du kamst nicht“, sagte streng der Vater.
„Ich habe dich nicht gehört“, erwiderte Mandy.
„Na gut. Aber merke dir, wenn du mich in Zukunft wieder einmal nicht hörst, dann kommst du rüber und sagst es mir.“

Kurti lutscht am Daumen.
„Na, schmeckt er gut?“, fragt die dicke Tante Molli, die sich überall einmischt.
„Nö, er schmeckt nicht. Aber er macht auch nicht dick“, sagt Kurti.

„Was strickst du denn so eifrig?“
„Ein Weihnachtsgeschenk für dich.“
„Und was wird das?“
„Mal schau'n, genau weiß ich es selber noch nicht.“

„Musst du immer diese Horror-Filme im Fernsehen angucken? Lass dir doch einmal ein schönes, altes Märchen von mir erzählen“, sagte Tante Gerdi.
„Oh ja, Tante. Erzähl uns die Geschichte, wo Hänsel und Gretel die alte Hexe in den brennenden Backofen geschubst haben.“

„Oma, spielen wir Zoo?“
„Gerne, und wie geht das?“
„Also, wir Kinder spielen die Tiere. Und du bist die nette, alte Besucherin, die die Tiere mit Süßigkeiten füttert.“

„Oma, möchtest du einen Kaugummi haben?“
„Nein.“
„Und jetzt fragst du mich!“

„Ihr habt die Äpfel doch hoffentlich geschält, bevor ihr sie gegessen habt?“, fragt besorgt die Mama.
„Klaro, haben wir, Mama.“
„Und wo habt ihr die Schalen hingetan?“
„Die haben wir zuerst gegessen.“

Frau von Keesheim ist beim Antiquitätenhändler und mosert herum:
„Also, da haben Sie ein abscheuliches Bild an der Wand. Wie kann man nur so etwas Hässliches aufhängen!“
„Gnädige Frau, Sie irren sich“, sagt der Antiquitätenhändler. „Das ist kein Bild, das ist unser Garderobenspiegel.“

„Mach größere Schritte“, sagte Vater Knauer zu seinem Sohn Oscar, „du hast heute die neuen, teuren Schuhe an.“

„Enttäusche heute Abend die Kinder nicht“, sagte Mama zu Papa.
„Wieso?“, fragte Papa.
„Du hast doch gesagt, dass du deinen alten Hut aufisst, wenn Bayern München nicht gewinnt.“

Witz-Special:

Die gute und die schlechte Nachricht

„Ich habe eine gute und eine schlechte Nachricht“, sagte der Vorarbeiter zu seinen Leuten.
„Zuerst die schlechte Nachricht: Weil die Nachfüllmaschine kaputt ist, müssen wir die Zementsäcke mit der Hand nachfüllen.
Und jetzt die gute Nachricht: Zement ist reichlich vorhanden.“

„Wie geht's meinem Auto?“, fragte einer in der Reparaturwerkstatt.
„Zuerst die gute Nachricht“, sagte der Mechaniker, „Handschuhfach und Zigarettenanzünder sind einigermaßen o. k. ...“

Das größte und schönste Schiff der Welt rauscht durch den Ozean.
Die Passagiere sitzen im Speisesalon und alles ist vom Feinsten. Die Gerichte sind vom Feinsten, die Getränke sind vom Feinsten. Da tritt der Kapitän vor das erlesene Publikum und sagt:
„Meine Herrschaften, ich habe zwei Nachrichten für Sie. Eine gute und eine schlechte Nachricht. Welche wollen Sie zuerst hören?"
„Zuerst die gute Nachricht", heißt es.
Und der Kapitän: „Wir werden in 90 Jahren elf Oscars kriegen …"

„Ich habe eine gute und eine schlechte Nachricht für euch", sagt Bello, der Hofhund, zu den Gänsen.
„Erzähl erst die gute!"
„O. k. Die Jäger haben alle Füchse im Revier erschossen!"
„Prima! Und jetzt die schlechte."
„Morgen wird das gefeiert mit einem großen Gänseessen!"

Die Galeerensklaven rudern wie verrückt. Da kommt der Antreiber mit der Peitsche und sagt:
„Ich habe eine gute Nachricht und eine schlechte. Zuerst die gute: Weil ihr so fleißig seid, bekommt ihr eine Portion Rum. Und nun die schlechte: Heute Nachmittag will der Kapitän Wasserski laufen."

Großes Schwimmfest in Kleinheubach.
Von überall her kamen die Mannschaften.
„Und wie hat unser Verein abgeschnitten?“, fragte unser Präsident den Trainer.
„Also, zuerst die gute Nachricht“, sagte der Trainer.
„Es ist keiner ertrunken.“

In der Schule gab es die Jahreszeugnisse.
Fritz kommt nach Hause und sagt:
„Papa, wenn man's genau nimmt, hab ich eine gute Nachricht für dich!“
„Das ist schön! Erzähl mal!“
„Also, du brauchst für das kommende Jahr keine neuen Bücher zu kaufen!“

„Ich habe eine gute und eine schlechte Nachricht für Sie“, sagte der Chef zu Herrn Kleinlein. „Zuerst die gute Nachricht: Alle Kollegen im Haus können Sie gut leiden. Und nun die schlechte: Nur einer hier findet Sie zum Kotzen. Und das bin ausgerechnet ich.“

Sagt die Tausendfüßermama zum Tausendfüßerkind:
„Ich hab eine gute und eine schlechte Nachricht für dich. Zuerst die gute Nachricht: Ich hab dir neue Schuhe gekauft.“
„Und die schlechte?“
„Es sind Schnürstiefel.“

Zwei Fallschirmspringer segeln durch die Luft.
Die schlechte Nachricht: Die Schirme gehen nicht auf.
Die gute Nachricht: Es ist nur eine Übung.

Tsching, ein kleiner Chinese ist Koch auf einem Frachter. Da er so gutmütig ist, treiben die Matrosen immer wieder ihre derben Späße mit ihm. Tsching lächelt und beklagt sich nie. Schließlich sagen die Matrosen:
„Tsching, wir haben eine gute Nachricht für dich. Von heute an werden wir dich in Ruhe lassen."
„Vielen Dank", sagt Tsching. „Dann habe ich auch eine gute Nachlicht. Dann ich auch nicht mehl machen Pipi in Suppe."

Abgefahren

und
durchgeknallt

Tante Molli sitzt im Stadttheater. Auf der Bühne herrscht ein schreckliches Chaos. Im Bauch des schönen jungen Grafen steckt ein abscheuliches Messer. Alle, die herumstehen, heulen Rotz und Wasser. Der junge Graf haucht stilvoll seinen Geist aus und das Stück ist zu Ende. Mit nassen Augen verlässt Tante Molli ihren Platz und an der Einlasstür fragt sie den Ordner:
„Sagen Sie mir bitte: Und wann ist die Beerdigung?“

„Ach bitte schön, Herr Polizist“, sagte Tante Molli, „hätten Sie einen Augenblick Zeit für mich?“
„Aber selbstverständlich“, sagte der Polizist. „Was kann ich für Sie tun?“
„Ach könnten Sie mich bitte über die Kreuzung führen?“
„Doch nicht jetzt“, sagte der Polizist. „Jetzt ist gerade Rot!“
„Schon gut“, sagte Tante Molli. „Bei Grün kann ich auch allein rübergehen.“

Der kleine Benni ist so zart und mickrig.
Wenn der im Stadtpark am See sitzt,
kommen die Enten und füttern ihn.

Der Frisör tanzt mit dem Handspiegel um den Kunden herum.
„Ist’s so recht?“, fragt er.
„Oh ja, ganz schön. Nur hinten ein bisschen länger“, sagt der Kunde.

„Möchten Sie einen Whisky?“, fragte der Ober.
„Nein lieber nicht“, sagte der Gast. „Ich bin mit dem Wagen hier.“
Nach einiger Zeit kam der Ober wieder.
„Ich bringe Ihnen jetzt doch den Whisky“, sagte er.
„Ihren Wagen hat man soeben gestohlen.“

„Mein Sohn will Zahnarzt werden“, erzählt Frau Mausmeier den Damen im Café Drexl.
„Und bereitet er sich schon tüchtig darauf vor?“, wird sie gefragt.
„Und wie!“, sagt Frau Mausmeier. „Zurzeit sammelt er alte Zeitschriften fürs Wartezimmer.“

„Wir haben gestern ein ganz neues Klavier gekriegt. Es sieht super aus!“
„Dann kann jemand von euch Klavier spielen?“
„Nein. Das nicht. Aber morgen kommt einer und zeigt uns, wie es gemacht wird.“

„Ich geh immer mit den Hühnern schlafen", sagt die Tante Molli.
Da grinsen die Kinder einander an.
„Wieso lacht ihr?", fragt Tante Molli.
„Das muss aber ulkig aussehen, wenn du aufs Stängelchen kletterst", sagen die Kinder.

„Sag mal, Paulchen, du bist erst neun Jahre alt."
„Klar doch."
„Das ist aber erstaunlich."
„Wieso?"
„Dass man in dieser kurzen Zeit so schmutzig werden kann."

„Herr Doktor, mein Hund hat mir alle meine Abführtabletten weggefressen! Was soll ich tun?", fragte eine aufgeregte Dame am Telefon.
„Gassi gehen, aber rasch!", antwortete der Tierarzt.

Der Regisseur Mike Rapper dreht einen Monumental-Kriegsfilm. Es soll ein Riesenschinken mit zweitausend Statisten werden.
„Aber wie willst du diese vielen Leute bezahlen? So viel Geld hast du doch gar nicht“, wird er gefragt.
„Brauch ich auch nicht“, sagt Mike Rapper. „Die letzte Szene ist eine große Schlacht. Und da lasse ich echte Patronen verteilen.“

Die Kinder der Familie Kleinmüller läuten bei Frau Meisegeier.
„Frau Meisegeier“, sagen sie, „wie sind Ihnen die Pilze bekommen, die wir Ihnen gestern aus dem Wald mitgebracht haben?“
„Oh, sehr gut! Aber warum fragt ihr?“
„Hurra!“, rufen die Kinder, „dann haben wir neue essbare Pilze entdeckt!“

Doktor Baldrian kommt ins Schlafzimmer zu Herrn Kleinlein. Überall stehen Medizinflaschen und Fläschchen, Tabletten, Zäpfchen, Tinkturen, Salben und Tropfen herum.
„Herr Doktor“, sagt Kleinlein, „was müsste ich tun, dass ich dieses ganze schreckliche Zeug nicht mehr brauche?“
„Einmal sterben genügt“, sagt grimmig Dr. Baldrian.

„Warum spielst du mit Handschuhen Klavier?“
„Sonst wacht unser Baby auf.“

„Herr Doktor, ich habe geträumt, dass ich nackt auf dem Hausdach spazieren ging und unten auf der Straße standen hundert Leute und klatschten Beifall."
„Und wie ging der Traum weiter?"
„Gar nicht, ich bin aufgewacht."
„Wodurch?"
„Durch den Beifall. Ich bin nämlich nackt auf dem Hausdach spazieren gegangen und unten auf der Straße standen hundert Leute ..."

„Nimmst du Badesalz beim Baden?“
„Nein, ich nehme Wasser, das ist besser.“

„Herr Ober, ich habe heute meinen Obsttag“, sagte Tante Molli. „Bringen Sie mir bitte ein Stück Apfelsahnetorte und einen doppelten Kirschlikör.“

„Wir haben Bilder im Wohnzimmer,
die sind zweihundert Jahre alt.“
„Seid ihr so knapp bei Kasse,
dass ihr euch keine neuen kaufen könnt?“

Elfi sitzt vor einem Berg alter Semmeln und schneidet sie klein.
„Was machst du denn da?“, wird sie gefragt.
„Ich bereite einen Semmelauflauf vor“, sagt sie,
„stör mich nicht! Ich bin noch lange nicht fertig!“
„Aber das ist doch viel zu viel, was du da schnitzelst!“
„Dann schau ins Kochbuch. Da steht klar: ‚Schneiden Sie drei Tage alte Semmeln!‘“

„Herr Bürgermeister, auch in Ihrer Stadt
wurde für die Kinder der Dritten Welt gesammelt.“
„So ist es.“
„Und was haben Sie persönlich gegeben?“
„Die Genehmigung.“

„Welchen Tag haben wir heute?"
„Keine Ahnung."
„Schau doch in der Zeitung nach."
„Die ist von vorgestern."

„Haben Ihnen die Tropfen gegen die Gedächtnisschwäche geholfen?", fragte Doktor Baldrian.
„Nein", sagte Frau Mausmeier, „ich vergesse nämlich immer sie einzunehmen."

In der Nacht um 1 Uhr läutet bei Herrn Müller das Haustelefon.
„Verzeihung“, sagt der am anderen Ende der Leitung, „in diesem Haus hier wohnen drei Leute, die Müller heißen. Sind Sie der Müller, welcher der Vorstand vom Briefmarkensammlerverein ist?“
„Verdammt noch mal, nein. Ich bin der Müller, der gerade in der Badewanne saß!“

„Könnte man nicht meinen Mops so operieren, dass er aussieht wie ich?“, fragte die Dame im Hundesalon.
„Im Prinzip schon“, erwiderte der Besitzer des Hundesalons. „Aber preiswerter und erfolgversprechender wäre es, Sie, gnädige Frau ließen sich so operieren, dass Sie aussehen wie Ihr Mops.“

„Sag mal, wieso hast du im Kühlschrank so viele leere Flaschen stehen?“, wird Karlchen Klein gefragt.
„Na ja“, sagt Karlchen. „Es könnte mal einer kommen, der nichts trinken will.“

Sagt der Hausherr: „Ich verlange 2000 Euro Miete für die Wohnung.“
„Kalt?“
„Eiskalt.“

Bei der Firma Kiefhaber, Kiefhaber und Kiefhaber läutet das Telefon.

„Ich möchte gern Herrn Kiefhaber sprechen."

„Bedauere, Herr Kiefhaber ist verreist."

„Dann geben Sie mir den anderen Herrn Kiefhaber."

„Der macht gerade Mittag."

„Also gut, da muss doch noch ein dritter Herr Kiefhaber da sein!"

„Ja, am Apparat."

„Die Bevölkerung wird immer älter", steht in der Zeitung.
„Stimmt", sagt Chris. „Mein kleiner Bruder ist jetzt auch schon drei Jahre alt!"

„Warum krempelst du deine Hose hoch, wenn sie sowieso zu kurz ist?"

„Wenn ich sie hoch kremple, merkt keiner, dass sie zu kurz ist."

„Hier kriegst du die zehn Euro zurück, die du mir am letzten Sonntag geliehen hast."

„Mensch, die hätte ich total vergessen!"

„Hättest du mir das nicht vorher sagen können?"

„Schau, der Mann dort drüben, der hat mindestens zehn Millionen auf dem Konto!"

„Toll! Und das so kurz vor dem Ersten!"

Der Zahnarzt drückt dem Herrn Griesgraber die Rechnung in die Hand und Herr Griesgraber ist entsetzt. „Zwei Minuten haben Sie herumgebohrt und verlangen 200 Euro dafür. Ist das nicht ein bisschen happig?"
„Ja und?", sagt der Doc. „Wäre es Ihnen lieber gewesen, ich hätte zwei Stunden herumgebohrt?"

Fridoline, die immer nur das Beste möchte, kommt in die Buchhandlung.
„Haben Sie einen Globus in Originalgröße?", fragt sie.

„Was sind Sie von Beruf?", wird Schlurfi gefragt.
„Tischler", sagt er.
„Kann ich's genauer erfahren: Möbeltischler, Bautischler, oder was?"
„Stammtischler", erklärt Schlurfi.

Hildesuse blättert im Telefonbuch und liest: Meier, Meier, Meier, Meier und so weiter. „Wahnsinn", sagt sie, „wie viele Anschlüsse dieser Mensch hat!"

Herr Griesgraber kann seinen Kopf nicht mehr drehen. „Hast du dich erkältet?", fragt Frau Griesgraber. „Ja, gestern in der Eisenbahn. Da hat es im Abteil so fürchterlich gezogen. Und daher hab ich mein steifes Genick."
„Aber hättest du nicht mit jemandem den Platz tauschen können?", fragt Frau Griesgraber.
„Das ist es ja. Außer mir war niemand im Abteil. Mit wem hätte ich also tauschen können!"

Tante Molli latscht in den Laden von Metzgermeister Wammerl.
„Haben Sie zwölf Kilo Rinderbraten?“, fragt sie den Meister Wammerl.
„Hab ich“, sagt Wammerl und geht zum Kühlschrank, holt ein gewaltiges Stück Fleisch heraus und beginnt daran herumzusäbeln.
„Aber wiegen Sie mir genau zwölf Kilo ab!“, sagt Tante Molli streng.
„Was denn sonst“, sagt der Meister. „So, das sind also genau zwölf Kilo. – Kann ich das jetzt einwickeln?“
„Einwickeln? Wieso?“ Tante Molli ist erstaunt. „Ich will das Zeug ja gar nicht kaufen.“
„Ja, warum musste ich dann das Fleisch zurechtschneiden?“
„Wissen Sie“, erwiderte Tante Molli. „Ich hab durch eine Abmagerungskur zwölf Kilo abgenommen. Und da wollte ich sehen, wie viel Fleisch das wirklich ist.“

Herr Griesgraber geht mit einer Gießkanne auf der Veranda auf und ab.
„Was machen Sie da?“, fragt sein Nachbar.
„Ich gieße Blumen.“
„Aber das sind doch künstliche Blumen!“, wundert sich der Nachbar.
„Weiß ich, weiß ich“, sagt Herr Griesgraber, „darum hab ich ja auch kein Wasser in der Kanne.“

„Ich bin nicht abergläubisch“, sagte Tante Fridoline, „aber von meiner Glückszahl halte ich viel.“
„Und was ist deine Glückszahl?“, wird sie gefragt.
„Die Neun.“
„Bist du da so sicher?“
„Felsenfest. Schau her: Gestern war der neunte. Ich geh aufs Pferderennen. Im neunten Rennen setze ich aufs Pferd Nummer neun. Und was glaubt ihr, ist passiert?“
„Das Pferd wurde Erster.“
„Nein, eben nicht. Es wurde Neunter. Ist das nicht toll?“

„Herr Apotheker, ich bräuchte ein Wurmmittel.“
„Für einen Erwachsenen oder für einen Jugendlichen?“
„Du lieber Himmel! Woher soll ich denn wissen, wie alt so ein Wurm ist.“

„Mensch, wir hocken hier. Warten auf dich und du kommst nicht und kommst nicht. Wo warst du so lange?“ Die Freunde sind sauer.
„Tut mir Leid. Aber ich habe ewig in der Ludwigstraße auf die Straßenbahn gewartet“, sagt Mandy.
„Ja Mensch, in der Ludwigstraße fährt doch seit fast dreißig Jahren keine Straßenbahn mehr“, sagen die anderen.
„Na also. Deshalb hab ich so lange gewartet“, erklärt Mandy.

Der Maurer Kalle geht müde von der Arbeit nach Hause. Kommt so ein Typ daher und sagt:
„Opa, wie komm ich schnellstens ins Kreiskrankenhaus?"
„Indem du noch mal Opa zu mir sagst", antwortet Kalle.

Im Stadtpark treffen sich zwei alte Herren. Sagt der eine: „Schau mal! Dort drüben der – ist der nicht mit uns in die Grundschule gegangen, damals?"
„Welchen meinst du?", fragt der andere.
„Na, der dort drüben. Der mit dem Vollbart."
„Wo denkst du hin. So viel ich weiß war in unserer Klasse keiner mit einem Vollbart."

„Benjamin ist ein schleimiger Streber."
„Wieso das?"
„Er streut dem Klassenlehrer Niespulver auf den Katheder, um möglichst oft ‚Gesundheit!' schreien zu können."

Kurtchen Kuhn ist immer dabei, wenn irgendwo die Sau rausgelassen wird.
Darum ist er auch bei den Fallschirmspringern am Start und lässt sich einen Fallschirm anschnallen. Dann aber bekommt er doch Muffensausen und fragt:
„Und was ist, wenn das Ding da nicht aufgeht?"
„Kein Problem", kriegt er gesagt, „dann können ihn deine Nachkommen gegen einen neuen, tadellosen umtauschen."

„Ich hätte gerne einen Spiegel", sagt Hildesuse.
„Einen Handspiegel?", fragt die Verkäuferin.
„Nein, einen fürs Gesicht", sagt Hildesuse.

„Der Brief ist zu schwer. Da müssen Sie noch eine 50-Cent-Marke draufkleben“, sagt der Mann am Postschalter.
„Ja, dann wird er ja noch schwerer“, erwidert Klausi Kleinhirn.

Kommt Benjamin vom Sportplatz nach Hause und will sich an den Abendbrottisch setzen.
„Du, pass mal auf“, sagt da die Mutter, „dein linkes Bein ist ja noch ganz voll Lehm.“
„Verflixt“, sagt Benjamin, „dann hab ich bei dem Gedränge unter der Dusche das Bein von einem anderen gewaschen!“

Richard Rübe hustet, dass es nicht mehr zum Anhören ist.
„Wann haben Sie sich denn so schrecklich erkältet?“, fragt der Chef.
„Am Tag der offenen Tür“, sagt Rübe.

„Unsere Goldfische mögen nur Ameiseneier. Zuerst habe ich sie ihnen weich gekocht. Aber seit neuestem sind sie so heikel geworden, dass ich sie ihnen immer als Rühreier braten muss“, jammert Isabella.

„Und jetzt geben Sie mir einen Satz Weihnachtssondermarken“, sagte Klausi. „Aber können Sie den Preis abmachen? Es soll nämlich ein Geschenk sein.“

Witz-Special:
Oberwitze

„Schnecken sind unsere Spezialität“, sagte der Geschäftsführer zum eintretenden Gast. „Ich weiß, ich weiß“, entgegnete der. „Gestern hat mich hier eine bedient.“

„Haben Sie Froschschenkel, Herr Ober?“
„Ja, selbstverständlich.“
„Dann hüpfen Sie bitte zum Schanktisch und bringen mir ein kleines Helles.“

„Herr Ober, jetzt reichts aber! Ich hab schon zehnmal Schweinshaxe mit Knödeln bestellt.“
„Ja schon. Aber bei Massenbestellungen dauert das entsprechend länger.“

„Herr Ober, haben Sie Eisbein?"
„Leider nein. Ich trage immer wollene Socken."

„Herr Ober, Sie haben Ihren Daumen
auf meiner Bockwurst."
„Na klar, oder willst du, dass sie mir
noch ein drittes Mal in den Dreck fällt?"

„Herr Ober, was macht der Schweinsbraten,
den ich vor zwei Stunden bestellt habe?!"
„Zwanzig Euro."

Sagte der Gast zum Geschäftsführer des Restaurants:
„Würden Sie bitte nachsehen, ob der Ober, bei dem
ich meinen Sauerbraten bestellt habe, noch in Ihrem
Etablissement beschäftigt ist."

„Herr Ober, auf der Speisekarte steht ‚Rindersteak'
und ‚Rindersteak Spezial'. Wo ist da der Unterschied?"
„Beim ‚Rindersteak Spezial' sind noch ein scharfes
Sägemesser und ein Zahnstocher dabei."

„Herr Ober, kann ich bei Ihnen einen Tisch bestellen?"
Sagt der Ober: „Wie oft muss ich Ihnen noch sagen, dass
wir keine Möbel verkaufen!"

„Herr Ober, ist das ein Kalbs- oder ein Schweinebraten?“
„Können Sie das nicht unterscheiden?“
„Nein.“
„Dann kann’s Ihnen ja egal sein.“

„Herr Ober, sollen wir hier sitzen, bis wir verhungert sind!“
„Das ist leider nicht möglich, wir schließen um Mitternacht.“

„Herr Ober, was sollen die vielen Menschen an meinem Tisch?“
„Haben Sie nicht einen Auflauf bestellt?“

„Herr Ober, als Stammgast bekomme ich doch immer zwei Stück Fleisch.“
„Ach, entschuldigen Sie bitte. Da hat der Koch vergessen, Ihre Portion auseinander zu schneiden.“

„Herr Ober, die Tasse hat einen Sprung!“
„Da können Sie mal sehen, wie stark unser Kaffee ist!“

„Herr Ober, ich habe einen Zwiebelrostbraten bestellt. Und jetzt bringen Sie mir einen Griespudding!“
„So mag ich's“, sagte der Ober. „Erst stundenlang hier rumsitzen und dann auch noch meckern!“

„Herr Ober“, sagte der Gast. „Das Schnitzel ist hart.“
„Mein Herr, das ganze Leben ist hart“, antwortete seufzend der Ober.

„Zeit ist Geld“, dachte der Ober und addierte auf der Rechnung das Datum mit.

Beknacktes

aus aller Welt

Aus einem Schulaufsatz:
„Auf einer Wiese in der Nähe des Flusses Isar siedelten sich einige Mönche an. Sie vermehrten sich sehr schnell. So entstand die Stadt München."

Der Studienrat will die Schädlichkeit des Alkohols demonstrieren.
Er nimmt ein Glas mit Wasser und wirft einen Wurm hinein. – Nichts passiert.
Dann taucht er den Wurm in ein Glas mit Alkohol. – Der Wurm krümmt sich und ist im Nu tot.
„Was lernen wir daraus?", fragt der Studienrat.
„Wenn man Alkohol trinkt, kriegt man keine Würmer", antwortet Hugo.

„Kennst du den Kalupke Karl? Der ist vor zwanzig Jahren nach Amerika ausgewandert, in der Tasche nur zehn Dollar – und hat dort als Tellerwäscher angefangen …"
„Ja, ich kann es mir schon denken. Und jetzt ist er vielfacher Millionär."
„Das meinst du. Jetzt wäscht er immer noch Teller."

„Kennst du eine gute Unfallversicherung", fragt Karl Suppenblitz seinen Freund Otto.
„Da kann ich dir nur die ‚Bleibtreu' empfehlen. Bei der bin ich schon zwanzig Jahre – und, was soll ich dir sagen, ich habe noch nicht einen einzigen Unfall gehabt!"

Brüllt der Schausteller auf der Dorfkirmes: „Seht her, Leute, ich bin der älteste Mann der Welt! Ich bin nicht hundert, nicht hundertzwanzig, nicht hundertfünfzig Jahre alt! Nein! Ich bin, sage und schreibe, hundertachtzig Jahre alt!"
„Das gibt's doch nicht", sagt einer zu der Dame an der Kasse. „Stimmt das überhaupt?"
„Weiß ich nicht", sagt die Dame an der Kasse. „Ich bin erst seit hundertzehn Jahren bei dem Laden hier."

„Warum ist es wichtig, dass ihr lesen lernt?", fragte die Lehrerin.
„Weil … damit wir etwas zu tun haben, wenn der Fernseher einmal streikt", meinte Andrea.

„Welche Schritte würden Sie unternehmen, wenn ein feindlicher Panzer in Ihrer Nähe auftaucht?", will der Feldwebel vom Rekruten Meier wissen.
„Da würde ich", sagt Rekrut Meier, „ganz lange und ganz schnelle Schritte unternehmen."

Stopka und Klaffke sind in New York. Im 65. Stockwerk eines Wolkenkratzers haben sie ein Zimmer gemietet. Aber einmal, mitten in der Nacht, streiken die Lifte. So müssen die beiden zu Fuß rauf, über die Treppen. Damit ihnen die Schinderei etwas leichter fällt, erzählen sie sich Witze.
Im 60. Stockwerk angekommen, sagt Klaffke:
„So, jetzt weiß ich aber wirklich keinen Witz mehr."
„Aber ich weiß noch einen", sagt Stopka. „Wir haben die Zimmerschlüssel unten im Auto vergessen!"

Mandy war beim Zahnarzt.
„Hat er gebohrt?", fragt Mama.
„Ja, und wie!"
„Hat's wehgetan?"
„Überhaupt nicht."
„Wieso?"
„Wo der gebohrt hat, klebte mein Kaugummi.
Und ich hab ihm nichts gesagt."

„Früher hat man die Tauben auf den öffentlichen Plätzen vergiftet."
„Na ja, früher gab es ja auch noch keine Hörgeräte."

„In Italien ist der Ätna ausgebrochen."
„Und? Haben sie ihn schon wieder eingefangen?"

„Sie haben mir gesagt, dass ich mit diesem Radio alle Sender der Welt empfangen kann“, schnauzt Fritz den Ladenbesitzer an.
„Ja, und stimmt das etwa nicht?“, fragt der.
„Schon. Aber alle auf einmal zur gleichen Zeit!“

„Papa, warum sind Diamanten so teuer?“
„Weil sie so selten sind.“
„Ich weiß aber etwas, das noch seltener ist.“
„Und was ist das?“
„Billige Diamanten.“

„Ist bei Ihnen ein Fünfzigeuroschein abgegeben worden?“
„Nein, nur ein Hunderteuroschein.“
„Kein Problem, ich kann wechseln.“

„Was sind Sie von Beruf?"
„Straßenhändler."
„Ach nee, und was kosten beispielsweise bei Ihnen so drei Meter Straße?"

Großer Schreck im stinkvornehmen Restaurant des Kurhotels.
Kommt so ein Kerl herein, setzt sich an einen freien Tisch, holt eine Thermosflasche aus seinem Rucksack, gießt Tee in eines der Weingläser auf dem Tisch, dann packt er seine Butterbrote aus, streift die Schuhe ab, legt die Beine auf einen Stuhl und beginnt zu essen.
Da stürzt der Geschäftsführer heran, kommt aber nicht zu Wort.
„Sind Sie der Geschäftsführer?", fragt der Kerl.
„Allerdings!"
„Na, auf Sie habe ich gewartet. Warum spielt da keine Musik?!"

„… Und dann sehen Sie bei uns noch einen weltberühmten Zwerg!“, brüllt der Ausrufer.
„Ach, hören sie doch auf. Der Typ ist doch mindestens einsneunzig lang!“, tönt es aus dem Publikum.
„Es ist eben der größte Zwerg der Welt!“

„Also, wissen Sie, wenn Sie mit diesem Wagen um Mitternacht in München wegfahren, sind Sie um fünf Uhr früh in Wien“, schwärmt der Autohändler.
„Und nun sagen Sie mir bitte“, fragt Herr Bremsel, „was soll ich um fünf Uhr früh in Wien?“

„Was sind das für kleine Boote, die da oben am Ozeanriesen hängen?“, fragt Tante Molli.
„Das sind die Rettungsboote, in die alle Passagiere einsteigen, wenn das Schiff untergeht“, erklärt der Steward.
„Das verstehe ich aber nicht. Warum fahren dann die Leute nicht gleich mit den Rettungsbooten“, sagt Tante Molli.

Im Konzertsaal:
„Psst, sei ruhig!“
„Wieso?“
„Die Musiker stimmen.“
„Hast du sie gezählt?“

„Und ist Ihr Staubsauger gut?“, fragte Frau Meisegeier den Vertreter an der Haustür.
„Gut?“, sagte der. „Noch viel besser, so viel Staub können Sie gar nicht heranschaffen, wie der wegschluckt!“

„Und dieser Nerzmantel, ist der auch wirklich wasserdicht?“
„Aber ja“, sagt der Verkäufer, „oder haben Sie schon einmal einen Nerz mit einem Regenschirm gesehen?“

Im Fotolabor:
„Machen Sie auch Vergrößerungen in natürlicher Größe?“
„Klar. Es gibt nichts, was wir nicht machen.“
„Dann ist es gut. Ich hab da ein Negativ vom Eiffelturm.“

Was ist das? Es ist viereckig, groß, rot, steht unter einem Baum und kann nicht hinauf?
Ein Feuerwehrauto.

Mario ist mit seinem Auto zu schnell in die Kurve gerast und nun liegt der Karren auf dem Dach.
Kommt Klaus daher und fragt: „Hast du einen Unfall gehabt?“
„I wo“, sagt Mario, „ich wollte nur sehen, ob noch alle vier Räder dran sind.“

Was serviert man und doch kann es niemand essen?
Einen Tennisball.

„Sagen Sie mal, Herr Schäfer,
wie viele Schafe haben Sie eigentlich?“
„Keine Ahnung. Wenn ich anfange zu zählen,
schlafe ich immer ein!“

„Bitte schön, wohnt hier im Haus ein gewisser Fisch?“
„Ja im 2. Stock. Hecht heißt er.“

„Guten Tag! Haben Sie vielleicht noch
die Zeitung von gestern?“
„Nein. Aber kommen Sie doch morgen
vorbei und holen Sie sich die von heute!“

„Erich, ich hab doch gesagt, du sollst aufpassen,
wann die Milch überkocht!“
„Hab ich doch! Es war genau um 12 Uhr und
10 Minuten!“

In der Fischhalle ist Versteigerung.
Der Leiter der Versteigerung ruft:
„Und jetzt kommen 15 Kisten Schollen unter den Hammer!“
Fritzchen staunt: „Ich dachte immer, die wären von Natur aus so platt.“

Herr Meier kommt in die Tierhandlung. Vor einem wunderschönen Papagei bleibt er stehen und sagt: „Na mein Hübscher, kannst du denn auch sprechen?“
„Blöde Frage“, sagt der Papagei. „Aber du, kannst du denn fliegen?“

„Sie schießen ja ständig vorbei!“, sagt der Förster zum Sonntagsjäger.
„Macht nichts! Die Hasen sehen jedenfalls meinen guten Willen!“

Fritzchen ist eingeladen bei Tante Margot.
„Nimm ruhig noch ein paar Erdbeeren, Fritzchen“, sagt Tante Margot.
„Nein danke“, sagt Fritzchen. „Zwei sind wirklich genug. Eine schmeckt ja wie die andere.“

„Herr Frisör, könnten Sie mir
die Haare ein wenig locken?“
„Locken kann ich sie schon.
Aber ob sie auch kommen?“

Der Pfarrer fragt den neuen Kaplan, worüber er am nächsten Tag zu predigen gedenke. „Über die Tugend der Sparsamkeit!“
„Sehr gut“, meint der Pfarrer, „aber dann wollen wir die Kollekte lieber vorher abhalten …“

„Guten Tag, mein Name ist Kurz.“
„Meiner auch. Ich heiße Lang.“

Ein Bauer geht in München in die Oper. Um den Durst zu bekämpfen, nimmt er zwei Flaschen Bier mit. Fragt ihn der Portier: „Opernglas gefällig?“
„Na, i sauf glei aus da Flasch’n.“

Witz-Special:
Harte Nüsse für den Kopf

Was ist eine nutzlose Sache?
Wenn man einem Glatzkopf eine haarsträubende Geschichte erzählt.

„Pass auf, ich hab ein Rätsel.
Eine Katze steht vor einem großen Bach und traut sich nicht hinüberzuschwimmen. Eine Brücke ist nicht da. Einen Kahn oder so was gibt es auch nicht. Sie hat auch niemanden, der sie rüberträgt. Wie kommt sie trotzdem ans andere Ufer?
Denk mal scharf nach!"
„Also, ich weiß es nicht."
„Na, ganz einfach."
„Und wie?"
„Sie schwimmt doch."

Wie entsteht ein luftleerer Raum?
Indem man mit einem Fahrrad über Glasscherben fährt.

Warum sind im Zoo keine Hühner?
Sie haben die Aufnahmeprüfung nicht bestanden.

Warum sind Fische glitschig?
Damit sie nicht quietschen,
wenn sie um die Ecke schwimmen.

Wie kann man den Geschmack von Salz verbessern?
Man gibt Pommes frites hinzu.

Warum lässt du die Luft aus den Reifen?
Der Sattel war mir zu hoch.

Warum sitzen zwei Leute im Hubschrauber?
Der eine hubt, der andere schraubt.

Was ist ein Tesch?
Ein Druckfehler. Es muss Tisch heißen!

Warum hat der Löwe so einen dicken Kopf?
Damit er nicht durchs Gitter kann.

Wie erkennt man, dass Kartoffelchips frisch sind?
Man muss sie im Kino mindestens fünf Sitzreihen weit hören können.

Welcher Bus fuhr über den Ozean?
Der Kolumbus.

Mit welcher Angel kann man keine Fische fangen?
Mit der Triangel.

Was für Steine liegen in der Donau?
Nasse.

Welcher Boss ist kein Chef?
Der Amboss.

Wer ist ein gemachter Mann?
Der Schneemann.

In welchen Zug passt nur eine Person?
In den Anzug.

Kräftig

in die

Hände gespuckt!

Schlumpf trifft seinen Freund Schluck.
„Schluck“, sagt er, „du siehst verdammt schlecht aus. Sag, bist du krank?“
„Krank nicht“, sagt Schluck, „aber trag du mal schwere Ziegel zehn Stockwerke hoch und das fünfzig Mal am Tag, bei Regen oder Hitze ...!“
„Schlimm, schlimm“, meint Schlumpf. „Und wie lange arbeitest du schon bei dieser Scheißfirma?“
„Morgen fang ich an“, sagt Schluck.

„Hey, was ist los“, brüllt Meister Muckermann, „bist du hier der Chef oder bist du ein lausiger Azubi?“
„O. k. Ich weiß schon, Sie sind der Boss.“
„Na also. Wenn du hier nicht der Chef bist, was quatschst du dann rum wie ein Idiot?!“

Freddy kommt in die Apotheke und nimmt sich den Chef vor.
„Haben Sie Abitur?“, fragt er.
„Ja, natürlich.“
„Und waren Sie auf der Uni?“
„Ja.“
„Und haben Sie alle Examen bestanden?“
„Ja.“
„Dann ist es gut. Dann können Sie mir eine Tüte Hustenbonbons rübergeben.“

„Das ist ein hoch intelligenter Elefant. Der arbeitet für drei!“
„Und das nennst du intelligent?“

„Herr Chef. Ich glaube, Sie werden am Telefon verlangt.“
„Was heißt da ‚Ich glaube‘?“
„Ja, da ist einer dran, der hat gesagt: ‚Bist du's, alter Idiot?‘“

Kurtchen Kuhn stürmt in die Chefetage, stülpt dem Oberbuchhalter den Aschenbecher auf den Schreibtisch, schüttet der Chefsekretärin den Papierkorb über den Kopf, und als auf das Geschrei hin der Chef selber erscheint, haut er diesem links und rechts eine herunter. Da kommt atemlos der Freund von Kurtchen dahergerannt.
„Mensch, Kurtchen, du Idiot!“, schreit er. „Das mit dem Lotto-Haupttreffer war doch nur ein Aprilscherz!“

Herr Schmalfuß bewirbt sich bei der Firma Eiltraspo u. Co. um einen ganz, ganz wichtigen Posten.
„Aber ich kann nur einen Mann brauchen, der sofort und präzise folgenschwere Entscheidungen fällen kann. Sind Sie so einer?“, fragt der Personalchef.
„Na ja“, meint Schmalfuß, „sagen wir mal, wenn es so weit wäre, dann könnte ich unter Umständen durchaus zu solchen Entscheidungen fähig sein.“

„Wir haben hier gleitende Arbeitszeit“, sagte der Chef. „Das heißt, Sie können vor 8 kommen und dürfen nach 17 Uhr ruhig noch weiterarbeiten!“

Die Firma feiert. Und zwar das Hundertjährige.
Der Chef strahlt und ist großzügig.
„Und Gehaltserhöhung gibt's auch“, tönt er, „und zwar für alle, die von Anfang an dabei waren.“

„Mir ist ganz schwindelig“, sagt die Sekretärin Susanne.
„Wieso das?“
„Ich hab das Rundschreiben zu schnell gelesen.“

„Jonas war Lehrling in einer Obstgroßhandlung. Nach einer Woche haben sie ihn gefeuert.“
„Warum?“
„Weil er alle krummen Bananen weggeschmissen hat.“

„Als ich meine Firma gegründet habe“, sagte Direktor Kochheim, „hatte ich eigentlich nichts als meine Intelligenz.“
„Da sieht man“, erwiderte Herr Maus, „mit wie wenig man heutzutage eine Firma gründen kann.“

„Wir haben in unserer Firma die Zwanzig-Stunden-Woche eingeführt.“
„Dann müsst ihr aber einen ganz tollen Chef haben.“
„Was hat der damit zu tun? Der weiß ja gar nichts davon.“

Fragte der Chef die neue Sekretärin:
„Können Sie auch stenografieren?“
„Aber ja. Nur dauert das dann ein bisschen länger.“

„Du bekommst ein ordentliches Gehalt, wenn du fleißig und pünktlich bist“, sagte der Glasermeister Knoll.
„Dachte ich mir doch, dass da ein Haken an der Sache ist“.

„Ihre Brote sind ein absoluter Flop“, sagte Frau Kemnath zum Bäckermeister Schmalz.
„Na hören Sie mal“, sagte der alte Schmalz, „ich hab schon Brötchen gebacken, da war’n Sie noch gar nicht auf der Welt.“
„Das glaub ich Ihnen sogar“, sagte Frau Kemnath, „aber warum verkaufen Sie die noch heute?“

Bei der Firma Elektro-Rost bimmelt das Telefon. „Seit vier Wochen beknie ich Sie, dass einer unsere Türklingel repariert. Aber kein Aas kommt. Was ist das für eine Sauerei!", schreit einer ins Telefon. Aber der am anderen Ende der Leitung lässt sich nichts gefallen. „Mann, halten Sie mal die Luft an", sagt er. „Ich war schon dreimal bei Ihnen. Hab mir die Finger wund gedrückt an der Klingel und niemand hat mir aufgemacht."

„Wie lange arbeitest du schon
bei der Firma Knebel und Klebel?"
„Seit sie mir gedroht haben,
mich sonst hinauszuschmeißen."

Schreibt der Filialleiter der Firma Koko-Moden
an die Kleiderfabrik:
„Schicken Sie uns endlich die bestellte Ware.
Seit einer Woche stehen wir ohne Hemden,
Hosen und Unterhosen da!"

Sagt der Personalchef zu Karl Neumann:
„Sie bewerben sich also bei uns um eine Anstellung.
Haben Sie irgendwelche Empfehlungen?"
„Ja", sagt Karl Neumann, „mein ehemaliger Chef
hat mir dringend empfohlen, mich nach einem neuen
Posten umzuschauen."

„Das Schnitzel ist aber schon sehr klein", maulte der Gast.
„Keine Sorge", sagte der Ober, „Sie werden trotzdem lange daran zu beißen haben."

„Ich habe letzte Woche ein Schloss gekauft!"
„Toll! Wo denn?"
„In der Eisenwarenhandlung!"

Fritzchen sagt zum Kaufmann:
„Bitte einen Kaugummi für mich und meinen Freund!"
„Also zwei?"
„Nein, einen. Wir wechseln uns beim Kauen ab."

Peter ist entlassen worden.
„Schuld ist der Meister", schimpft er, „der den ganzen Tag nur rumsteht und nicht arbeitet!"
„Wieso?", fragt Fritz.
„Er war neidisch, weil alle dachten, ich bin der Meister!"

Sagt der Verkäufer:
„Mit diesem Sessel wird das Fernsehen zum Vergnügen."
„Wieso?", fragt der Kunde.
„Sie können sich mit dem Rücken zum Gerät drehen!"

„Haben Sie ein Haarwuchsmittel?“, fragt der Kunde in der Drogerie.
„Ein ganz tolles!“, sagt der Verkäufer.
„Gestern verschüttete ich ein paar Tropfen davon auf einen Stift. Und heute morgen war er zu einer Zahnbürste geworden!“

„Ich will zum Chef!“
„Der ist nicht da.“
„Aber eben hab ich ihn noch am Fenster gesehen.“
„Ja eben. Er sie auch.“

„Was sind Sie von Beruf?“
„Innenarchitekt.“
„Und außen?“

„Wie hoch ist mein Gehalt?“, fragt der neue Azubi.
„1000 Euro. Später mehr!“, sagt der Chef.
„O. k. Dann komm ich später wieder!“

Ein Mann kommt ins Milchgeschäft.
„Ein halbes Kilo Milch, bitte!“
Erklärt der Verkäufer:
„Milch wird nicht gewogen, sondern gemessen!“
„Gut, dann bitte einen halben Meter!“

Herr Meier fragt den Maurer:
„Warum bauen Sie denn eigentlich im Winter nicht weiter?“
„Na, in der Kälte platzen uns doch die Bierflaschen!“

„Diese Hose passt doch wunderbar!“, sagt die Verkäuferin.
„Ich weiß nicht recht“, erwidert der Kunde.
„Hier unter den Armen kneift sie ein bisschen!“

Ein Fleischer macht Wurst.
Ein Freund sieht ihm dabei zu und sagt:
„Wenn das rauskommt, was da reinkommt, kommst du irgendwo rein, wo du nie mehr rauskommst!“

„Ich komme, um das Waschbecken zu reparieren."
„Aber das ist doch gar nicht kaputt."
„Ja, haben Sie mich denn nicht selber angerufen, Frau Meier?"
„Wieso Meier? Ich heiße Huber! Meiers sind vor einem Jahr ausgezogen!"
„Das ist ja unglaublich! Erst bestellen die Leute dringend einen Klempner und dann ziehen sie einfach um!"

„Die Blumen, die ich gestern bei Ihnen kaufte, sind heute schon total welk!", beschwert sich der Kunde.
„Merkwürdig. Bei mir blühten sie drei Wochen!"

Herr Schmalfuß steht im Optiker-Fachgeschäft und testet die supertollen Ferngläser, die alle nur den einen Fehler haben, dass sie zu teuer sind für Herrn Schmalfuß. Dann gibt er sich einen Ruck und sagt zum Optiker: „Sagen Sie mal, haben Sie nichts Preiswertes? Es muss ja nicht unbedingt ein Farbfernglas sein!"

„Und was die langen Haare betrifft", sagt der Chef zu seinen Lehrlingen, „dagegen habe ich überhaupt nichts. Vorausgesetzt ihr tragt sie nicht während der Geschäftszeit."

Witz-Special:

Frisch aus der Presse

Karen Samantha und das neue Glück!

„Bisher“, sagte unser Reporter zu dem großen Star, „haben Sie immer Schauspieler geheiratet. Und nun ist es ein Rennfahrer. Sind sie glücklich?“

„Oh ja, sehr sogar“, sagte Karen Samantha. „Ab jetzt heirate ich nur noch Rennfahrer.“

Das Neueste vom Sport:

Horst Henne, der Stürmerstar des FC Neustadt muss seine Karriere wegen akuter Sehstörungen aufgeben. Henne wird seine Sportlerlaufbahn als Bundesliga-Schiedsrichter fortsetzen.

Stellengesuche:
Suche Lehrstelle als Millionär.
Anrufe erbeten, nicht vor 10 Uhr morgens!

Der Super-Filmstar Iris Morena lag in der Luxus-Suite des Grand-Hotels auf der Couch. Da kam der Sekretär angerannt: „Madame, in Ihrem Vorzimmer brennt es!“ Da sagte Iris: „Dann informieren Sie sofort das Fernsehen, die Regenbogenpresse, die Abendzeitung, die Bild-Zeitung und das Regionalfernsehen. – Haben wir noch jemanden vergessen? – Ach ja. Und die Feuerwehr können Sie auch anrufen.“

Der Tipp der Woche (1):
Weißt du schon, dass Warzen verschwinden, wenn man abends ein Äpfelchen isst?!
(Aber die Warzen müssen an den Äpfelchen dran sein!)

Frage an die Redaktion:
Kann man eine seidene Krawatte kochen?
Antwort:
Ja, aber nur in lauwarmem Wasser.

Zum Laubsägen klettert man am besten auf die Bäume.
So ist man gleich ganz nahe beim Laub.

Der Tipp der Woche (2):
Ketschup-Flecken kriegt man aus einem Tischtuch
am besten mit einer scharfen Schere raus.

Der Tipp für Feinschmecker:
Rohe Hagebutten schmecken besser,
wenn man sie durch Erdbeeren ersetzt.

In der Bachstraße leuchtete ein Rentner
mit einer Kerze in den Benzinkanister um
nachzusehen, ob noch Benzin da war.
Es war noch Benzin da.
Die Beerdigung findet am Montag um
15 Uhr auf dem Ostfriedhof statt.

Veranstaltungen:
Am Sonntag ab 16 Uhr will meine Schwester
vor unserer Einfahrt einen Reifen wechseln.
Eintritt zwei Euro.

Der Wiener Multimillionär Nowak ist so stinkreich,
dass er sich für seine Bleistifte Spitzbuben hält.

Warnung!
Wer Pfefferminztee nachmacht oder nachgemachten
Pfefferminztee in Umlauf bringt, ist ein Falschminzer
und wird streng bestraft.

Reif für

die

Insel

„Regnet es in eurem Kaff eigentlich immerzu?“,
fragte verärgert der Feriengast.
„Nein, natürlich nicht“, sagte der Einheimische.
„Im Winter schneit es.“

Meisegeiers sind in einem vornehmen Lokal,
aber in einem ganz, ganz fernen Land.
Nach dem Essen blättert Frau Meisegeier in
ihrem Reiseführer und wird blass.
„Weißt du, alles, was wir gegessen haben, ist hier
vom Pferd, der Rostbraten, das Schnitzel …“
„Um Gottes willen“, ruft Herr Meisegeier.
„Hoffentlich nicht auch das Apfelmus!“

„Ich versteh euch Kleinkummersbacher nicht.
Erst jammert ihr jahrelang herum, dass ihr in eurem Kaff
keinen Doktor habt: Nun ist einer hergezogen und jetzt
geht keiner von euch hin!“
„Wir sagen uns halt, das kann kein gescheiter Doktor sein,
der sich in Kleinkummersbach niederlässt.“

Herr Hirnmoser ist auf großer Kreuzfahrt. Leider liegt
er schwer seekrank im Bett.
Klopft der Steward an die Kabinentür und fragt:
„Soll ich Ihnen das Essen bringen?“
Hirnmoser stöhnt und sagt: „Schmeißen Sie es lieber
gleich über Bord. Das ist einfacher.“

„War's schön in der Karibik?", fragte Frau Kleinmichl ihre Nachbarin, die Frau Linda.
„Oh, göttlich, unbeschreiblich, unvorstellbar", schwärmte die Frau Linda.
„Dann hätten Sie mir aber doch eine kleine Ansichtskarte schreiben können", sagte Frau Kleinmichl.
„Das hat mein Mann auch gemeint", antwortete Frau Linda. „Aber dann habe ich gesagt, wir wollen der lieben Frau Kleinmichl nicht das Herz schwer machen, wo doch jeder weiß, dass sie sich so etwas nie wird leisten können."

Ferien auf dem Bauernhof:
„Toll, wie jede Kuh sofort ihren Platz im Stall findet!“, sagt Tina.
„Kunststück“, meint Max, „wo doch über jedem Platz ein Schild mit dem Namen der betreffenden Kuh hängt.“

Der Chef vom Wüstenhotel im Wilden Westen gibt dem Gast einen Tipp mit für die Nacht:
„Und erschrecken Sie nicht, wenn ein paar Beutelratten über Ihr Bett huschen. Die haben nicht die geringste Überlebenschance. Hinter denen sind die Klapperschlangen her!“

Sagt Billi Bonz, der Supersnob:
„Wir haben jetzt drei Jahre hintereinander Weltreisen gemacht, jetzt reicht's uns. Diesmal fahren wir woanders hin."

„Was ist das?", fragt Tina und deutet
auf einen Melkschemel.
„Das braucht man, wenn man Kühe melkt",
erklärt man ihr.
„Und wie kriegt man die Kuh so weit,
dass sie sich da draufsetzt?"

Herr Schmalfuß fährt in den Urlaub und übergibt den Wohnungsschlüssel seiner Nachbarin, damit sie die Wohnung betreut.
„Sie brauchen nichts zu tun", sagt er, „außer täglich den Kalender abzureißen."

„Wie war das Schnitzel?"
„Erstklassig, und das sage ich Ihnen als Profi."
„Wieso? Sind Sie Koch?"
„Nein, Schuhmacher."

„Wie war's am Königssee?"
„Schön. Aber alles ging viel zu schnell. Wir hatten nicht einmal Zeit, das Echo abzuwarten."

Im Almgasthof „Sonnenwand“ bestellen die Bergsteiger eine Flasche Wein. Da kommt der Kellner Martl mit zwei Flaschen Wein daher.
„Was soll das?“, fragen die Bergsteiger, „wir haben nur eine Flasche bestellt.“
„Herrschaftszeiten“, sagt der Martl. „Immer wieder täuscht mich hier heroben das Echo.“

„Ihr Sonnenöl taugt nichts.“
„Wieso?“
„Jetzt habe ich schon fünf Flaschen davon getrunken und bin immer noch nicht braun geworden.“

„Mensch, biste bekloppt! Wieso hast du alle unsere Kartoffeln in der Mitte auseinander geschnitten?“, fragte der Bauer Knieschwamm seinen Sohn.
„Na ja. Du hast doch gesagt, die eine Hälfte der Kartoffeln verkaufen wir und die andere kellern wir ein.“

„Gibt es hier Seeigel, Krebse, Quallen, oder sonst so ’n Zeug?“, fragte besorgt der Badegast.
„Natürlich nicht“, erwiderte der Portier des Hotels. „Die haben nicht die geringste Chance. Das ganze Gewürm wird sofort von den Haien weggeputzt.“

„Das ist die berühmte Schlucht, in die alle Jahre mindestens zehn Wanderer hinabstürzen", erklärte der Bergführer.
„Das ist ja entsetzlich", entrüsteten sich die Leute. „Warum macht man da kein Geländer hin?"
„Ja, das ist es ja. Je mehr da runterfallen, umso berühmter wird die Schlucht."

Der Zimmervermieter führt den Touristen ans Fenster, zeigt in die Gegend und sagt:
„Sehen Sie den kleinen, weißen Punkt am Horizont?"
„Nein."
„Das ist der Wilde Kaiser."

Der Bauer Knieschwamm fährt mit der schweren Walze über seine Felder wie ein Wilder, immer auf und ab.
„Warum macht er so etwas?"
„Er züchtet Kartoffelbrei."

Den Typen von der Wüstensafari fährt ein ganz schöner Schrecken in die Knochen. Es kommt nämlich ein Rudel Löwen daher und ist sogar schon verdammt nahe.
„Sind die gefährlich?", fragen die Touristen.
„Nö, die nicht", sagt der Reiseleiter. „Die sind satt."
„Und woher wissen Sie das?"
„Weil unser Herr Kammermeier fehlt."

„Der Bauernhof, wo wir Ferien machten, hatte ganz moderne Kühe."
„Wieso das?"
„Die lagen bequem auf der Wiese herum und taten nichts als Kaugummi kauen."

„Und wenn dich mit deinem Jeep die Löwen verfolgen, was machste dann?", wird der Großwildjäger Kunze gefragt.
„Dann verwirre ich sie total."
„Und wie soll das gehen?"
„Ist doch klar. Ich blinke links, als wollte ich nach links abbiegen. Und dann verschwinde ich blitzartig nach rechts. Verstehste?"

„Wo hast du das blaue Auge her?", wird der Bauer Knieschwamm gefragt.
„Meine Kuh hat mir beim Melken immer ihren Schwanz ins Gesicht geklatscht. Und da hab ich ihr dann einen Ziegelstein an den Schwanz gebunden."

Liegen beim Bauern Knieschwamm zwei Kühe auf der Weide und glotzen vor sich hin.
„Muh“, sagt die eine.
„Genau das Gleiche wollte ich soeben auch sagen“, meint die andere.

Die Zimmervermieterin zeigt dem Kurgast sein Quartier. Der Fremde schlägt das Federbett auf und sagt erfreut: „Das ist aber liebenswürdig. Sie haben mir ja gleich zwei Wärmflaschen ins Bett getan!“
„Ja“, sagt die Vermieterin, „ich hab mir gedacht, ich tu Ihnen gleich zwei rein. Denn eine ist undicht.“

„Wie war's im Urlaub?“
„Das Hotel war so stinkefein – ohne Krawatte durfte man da nicht einmal in den Swimmingpool.“

Der Sommergast betrachtet seine Gabel und ruft die Wirtin:
„Schauen Sie sich das mal an! Da hängt ja noch Spinat dran!“
„Ach so“, sagt die Wirtin. „Wir haben gestern Mittag Spinat gehabt.“
„Das ist ja reizend. Und da hängt der Spinat noch heute an der Gabel.“
„Ja mei“, sagt die Wirtin. „Wir haben ja auch heut wieder Spinat.“

Was ist ein Matrose, der sich ein Jahr lang nicht gewaschen hat?
Ein Meerschweinchen.

Unsere schusslige Tante Tina ruft die Flugauskunft des Frankfurter Flughafens an.
„Was kann ich für Sie tun?", tönt es aus der Leitung.
„Wie lange dauert ein Flug von Frankfurt nach New York?", fragt Tante Tina.
„Eine Minute", sagt die überlastete Dame an der Vermittlung.
„Danke", sagt Tina und hängt ein.

Tante Molli entdeckt bei einem Antiquitätenhändler einen wunderschönen alten Globus.
„Das wär genau das Richtige für mein Wohnzimmer", denkt Tante Molli.
Aber dann kommt ihr noch eine besondere Idee:
„Haben Sie vielleicht auch einen Globus von Österreich?", fragt sie den Händler.

„Netter Laden hier!“, sagt der Tourist in der Kneipe im Wilden Westen. „Aber es wundert mich, dass man hier den Fußboden mit Sägespänen bestreut!“
„Sägespäne, sagen Sie? Das sind die Möbel von gestern!“, lacht der Wirt.

Ein paar Wanderer sitzen am Tisch in einer Berghütte.
„Iiih! Der Kaffee schmeckt wie Spülwasser!“, sagt ein Wanderer.
„Quatsch, du hast einen schlechten Geschmackssinn“, meint ein anderer. „Das ist doch Tee!“
Da fragt der Leiter der Gruppe:
„Noch jemand Kakao?“

Schild an der Hotelrezeption:
„Fühlen Sie sich wie zu Hause,
aber benehmen Sie sich nicht so!"

Trotz eisiger Kälte will der Gast unbedingt an den Strand.
„Sagen Sie mal, warum machen Sie denn so was?",
fragt der Hotelportier.
„Verdammt noch mal! In diesem Urlaub will ich endlich
Farbe bekommen. Und wenn es Blau ist!"

Der Gast schimpft:
„Das soll ein Schnitzel sein? Da muss ich aber lachen!"
Da meint die Kellnerin:
„Zum Glück! Die meisten Gäste schimpfen nämlich!"

Das Hotel ist überbelegt, der Gast muss in der
Badewanne übernachten. Der Portier tröstet ihn:
„Morgen wird's besser. Morgen wird der
Billardtisch frei!"

„Wann möchten Sie geweckt werden?", fragt der Portier.
„Sie brauchen mich nicht zu wecken. Ich stehe sowieso
jeden Morgen schon um halb sechs auf."
„Ah, das ist gut. Könnten Sie dann so gut sein und um
sechs das Zimmermädchen wecken?"

Witz-Special:

Häschenwitze

Häschen kommt ins Rathaus.
Häschen trifft einen Beamten und fragt:
„Hattu Vollmacht?“
„Na klar“, sagt der Beamte,
„klar hab ich Vollmacht.“
„Muttu Hose wechseln“, sagt Häschen.

Häschen wählt die Telefonnummer
von Metzgermeister Wammerl.
„Hattu Schweinebauch?“
„Ja“, sagt der Metzgermeister.
„Hattu auch Schweinefüße?“
„Ja.“
„Und auch Schweineohren?“
„Ja, hab ich auch.“
„Muttu schrecklich aussehen!“

Häschen kommt in die Apotheke.
„Hattu Fliegenpilze?“, fragt es den Apotheker.
„Nein, natürlich nicht“, sagt der.
Häschen geht, kommt aber am nächsten Tag wieder und so vierzehn Tage lang, und jedes Mal fragt Häschen:
„Hattu Fliegenpilze?“
Damit er endlich seine Ruhe kriegt, besorgt der Apotheker Fliegenpilze.
Häschen kommt wieder in den Laden und fragt:
„Hattu Fliegenpilze?“
„Ja“, sagt der Apotheker. „Eigens für dich besorgt.“
„Muttu sofort wegwerfen!“, ruft Häschen. „Fliegenpilze sind sehr giftig!“

Kommt Häschen zum Apotheker.
„Hattu Möhrchen?“
„Nein“, sagt der Apotheker.
Häschen geht, kommt aber
am nächsten Tag wieder.
„Hattu Möhrchen?“
„Nein“, sagt der Apotheker.
So geht das wochenlang.
Da wird es dem Apotheker zu dumm und
er hängt ein Schild raus: „Möhren ausverkauft!“
Da kommt Häschen und sagt traurig:
„Hattu also doch Möhrchen gehabt!“

Häschen kommt zum Apotheker:
„Hattu Möhrchen?"
Da sagt der Apotheker:
„Ja."
Und das Häschen sagt:
„Hattu mir meinen Witz versaut."

Häschen kommt in einen Brillenladen und fragt den Optiker:
„Brauchst du Brille?"
„Nein", sagt der Optiker, „ich verkaufe selber Brillen."
Am nächsten Tag kommt Häschen wieder:
„Brauchst du Brille?", fragt es den Optiker wieder.
„Nein", sagt der wieder.
Und so geht das tagelang, bis der Optiker wild wird und brüllt:
„Hau endlich ab, ich kann dich nicht mehr sehen!"
Sagt Häschen: „Siehst du. Brauchst du doch Brille!"

Häschen rennt in den Schreibwarenladen.
„Hattu Löschpapier?"
„Hab ich", sagt der Händler.
„Gib mir alles, was du hast!"
„Wieso brauchst du so viel?"
„Bei mir brennt es!"

Häschen kommt in den Schreibwarenladen.
„Hattu Luftschlangen?“
„Klar“, sagt der Verkäufer und holt ein Päckchen.
„Hattu auch mit Giftzahn?“

Häschen geht in den Schallplattenladen.
„Hattu Platten?“
„Hab ich, klar!“, antwortet der Verkäufer.
„Muttu mal aufpumpen!“

Bitte nicht füttern

Zwei Fliegen krabbeln auf einem Globus herum. Als sie sich zum fünften Mal begegnen, sagt die eine: „So klein ist die Welt!“

Ein Karpfen schwimmt durch einen Teich. Da sieht er einen dicken, fetten Wurm im Wasser. „Na, hoffentlich hat die Sache keinen Haken“, sagt er.

Unterhalten sich zwei Ochsen. „Ich bin doch der größte Depp“, sagt der eine, „ich schufte von früh bis spät in die Nacht hinein für meinen Bauern. Ackern, Wagen ziehen, eggen, alles muss ich machen. Und nie Urlaub!“ „Schreib doch an den Tierschutzverein“, meint der andere. „Ja, und wenn der Bauer merkt, dass ich Maschine schreiben kann, dann muss ich ihm die Buchführung auch noch machen.“

„Unser Papagei kann alles nachmachen, sogar das Blockflötenspiel von Irmi.“ „Toll! Und wie hält er die Flöte?“

„Wuiiiii, da geht's aber rund“, sagte der Elefant, als er in die Waschtrommel gefallen war.

Zwei Hühner machen eine Stippvisite in den Keller und stehen staunend vor einem Berg Eierbriketts. „Schau mal“, sagt das eine Huhn, „das sind die Eier von Hühnern aus Afrika!“

„Jeder nennt mir jetzt sein Lieblingstier“, sagte Frau Hell, die Lehrerin der Klasse.
„Mein Lieblingstier ist die Schildkröte“, sagte Sonja.
„Und meines der Bernhardiner“, erwiderte Patrik.
„Mein Lieblingstier ist die Siamkatze“, sagte Janina.
„Und du, Lars? Welches ist dein Lieblingstier?“, fragte die Lehrerin.
„Mein Lieblingstier ist das halbe Hähnchen“, sagte Lars.

„Lässt dein Hund Fremde an sich heran?“
„Aber freilich, wie sollte er sie sonst beißen?“

Die Spinne geht einkaufen.
Sagt Herr Spinne: „Nimm das Netz mit! Plastiktüten sind umweltschädlich."

Zwei Fliegen gehen auf der Glatze von Onkel Max spazieren.
„Erinnerst du dich noch", sagt die eine, „als wir noch klein waren, gab es hier eine wunderschöne Allee, wo wir Versteck spielen konnten."

„Wie alt ist dein Papagei?"
„Keine Ahnung, er erzählt dauernd von Cäsar."

Flüstert eine Blume zur anderen hinüber:
„Du, ich finde dich supertoll!"
Flüstert die andere zurück:
„Ich finde dich auch echt klasse!"
Sagt die erste:
„Darf ich dir eine Biene rüberschicken?"

„Was kostet dieser Papagei?"
„Einen Hunderter."
„Das ist mir zu teuer. Sagen wir, die Hälfte."
„Das geht nicht, ich verkaufe keine halben Papageien."

Kennst du einen Vogel, der nur ein Bein hat?
Das halbe Grillhähnchen.

„Wollen wir zusammen eine Imbissbude aufmachen?“, sagte die Kuh zum Schwein. „Ich liefere dann die Milch.“ „Und wo willst du den Schinken hernehmen?“, fragte misstrauisch das Schwein.

Was soll ich tun, wenn ein Gorilla in meinem Bett liegt.
Woanders schlafen.

„Zurzeit habe ich eine Pechsträhne“, sagte der Specht. „Ich kann anklopfen, wo ich will, überall ist der Wurm drin.“

Schlangenprobleme:
Wenn eine Giftschlange einen giftigen Pilz frisst, muss sie dann sterben oder wird sie noch giftiger?

Und wenn sich eine Giftschlange selber beißt, muss sie dann sterben?

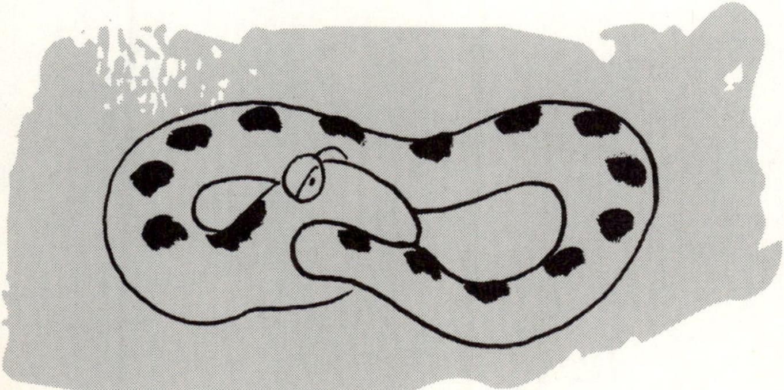

Was ist schwarz und weiß und hat sechzehn Reifen?
Ein Zebra mit Rollerskates.

„Zu welcher Familie gehören die Mörderwale?“, fragt der Lehrer.
„Ich kenne keine Familie, die einen Mörderwal hat“, antwortet Toni.

Wie kann man einen Hahn von einer Henne unterscheiden?
Bei einem Hahn sind beide Beine gleich lang.
Besonders das rechte.

Wo schläft ein Wal?
Im Wasserbett.

Ulrike ist traurig.
„Meine Schildkröte ist entlaufen!“
„Das ist schlimm! Gib doch ein Inserat in der Zeitung auf!“
„Aber sie kann doch nicht lesen!“

„Jetzt bist du schon so alt und hast wieder ins Nest gemacht!“, schimpft Taubenmama das Taubenbaby. „Es wird Zeit, dass du lernst, rüber aufs König-August-Denkmal zu gehen!“

Seine Majestät, der König, ist auf der Jagd. Endlich läuft ihm ein Hase vor die Flinte, aber er schießt daneben.
„Nun“, fragt er den Förster, der ihn begleitet, „hab ich getroffen?“
„Nein, Majestät. Ihre Majestät haben das Tier begnadigt!“

Was sagen die Löwen, wenn sie Touristen in einem Jeep durch die Wüste fahren sehen?
„Schau mal, dort kommt Essen auf Rädern."

„Lauf schnell über die Straße", sagt die Schneckenmama zu ihrem Kind. „In zwei Stunden kommt der Linienbus!"

Warum hat die Biene ihren Stachel?
Damit sie den Honig umrühren kann!

Die kleine Mücke darf heute zum
ersten Mal alleine übers Freibad fliegen.
„Na, wie war's?", fragt Mückenmami,
als sie wieder heimkommt.
„Toll", sagt die kleine Mücke.
„Wo ich auch hinkam,
haben die Leute geklatscht!"

Willi und Wastl im Wald:
„Schau, da ist ein Ameisenhaufen", sagt Willi.
„Cool!", sagt Wastl. „Wie kann so ein kleines Tier so einen großen Haufen machen?!"

Fragt ein Spaziergänger den Angler:
„Ist ja toll! All die vielen Fische in ihrem Eimer haben Sie alleine gefangen?"
„Aber nein. Ich habe einen Wurm, der mir dabei hilft", antwortet der Angler.

Zwei Meisen sehen einen Düsenjäger vorbeibrausen.
Sagt die eine: „Der ist ein bisschen schneller als wir!"
„Kein Wunder. Stell dir vor, dein Hintern brennt!", erwidert die andere.

„Ist es wahr, dass du dir jetzt einen Geier als Ziervogel hältst?"
„Ja. Ich habe es satt, dass die Katze von nebenan meine Kanarienvögel frisst!"

„Wer hat mich denn da gestochen!", ruft Herr Oberhuber wütend und betastet sein Bein.
Da piepst die Biene über seinem Kopf:
„Was haben Sie davon, wenn Sie meinen Namen wissen?"

„Was fressen die Tauben?"
„Was sie so finden."
„Und wenn sie einmal nichts finden?"
„Dann fressen sie was anderes."

„Möchtest du einen Hund haben?"
„Ja, gerne. Aber meine Mama lässt keinen Hund ins Haus."
„Und dein Vater?"
„Ja, der darf schon rein."

„Ich möchte den netten Boxer kaufen“, sagt ein Kunde zum Tierhändler.
„Dann müssen sie aber den Terrier da mitkaufen.“
„Den will ich aber nicht.“
„Der gehört dazu.“
„Wieso?“
„Er ist der Trainer des Boxers.“

„Sagen Sie, Frau Kleinlein, wie kriegen Sie am Morgen Ihren Tommy aus dem Bett?“, fragte die Nachbarin.
„Oh, ganz einfach“, erwiderte Frau Kleinlein.
„Ich stecke einen Hundeknochen unter das Kopfkissen von Tommy. Dann hole ich unseren Bernhardiner und sag: ‚Such's Knochi!‘“

„Sagen Sie mal“, fragt ein Spaziergänger den Angler am Fluss, „warum werfen Sie die großen Fische immer zurück und behalten nur die kleinen.“
„Das kommt davon, dass wir nur eine sehr kleine Bratpfanne zu Hause haben.“

„Was ist eine Meise?“, fragt Paul seine große Schwester.
„Ach, irgend so ein verrückter Fisch.“
„Hier steht aber: eine Meise hüpft von Ast zu Ast.“
„Kannst du mal sehen, wie verrückt der ist.“

Eine Maus und eine Katze kommen in eine Bäckerei. „Ich möchte gern ein Stück Apfelkuchen mit Sahne", sagt die Maus.
„Und Sie?", fragt die Verkäuferin die Katze.
„Ach, nur einen Klecks Sahne auf die Maus."

„Warum so traurig?", fragt eine Regenwurmdame ihre Nachbarin.
„Mein Mann ist zum Angeln", antwortet diese.

Eine Fliege fliegt haarscharf an einem Spinnennetz vorbei. Dann noch mal und noch mal. „Warte nur", knurrt die Spinne, „wenn ich dich heute nicht kriege, dann morgen."
„Hihi", lacht die Fliege, „vergiss es. Ich bin eine Eintagsfliege!"

In einer Höhle hängen viele Fledermäuse ordentlich mit dem Kopf nach unten. Nur eine fällt aus der Rolle und hängt mit dem Kopf nach oben.
„Was ist denn mit der los?", fragt eine Fledermaus.
„Ach die hat wieder ihren Yogafimmel!"

Welche Tiere können ihr ganzes Leben lang Geburtstag feiern?
Die Eintagsfliegen.

Ein Mann läuft mit einem Pinguin auf dem Arm durch die Stadt. Fragt ihn ein erstaunter Passant: „Wo haben Sie denn den her?"
„Er ist mir zugelaufen. Was meinen Sie, was ich mit ihm machen soll?"
„Gehen Sie mit ihm in den Zoo."
Nach einigen Stunden treffen sich die drei wieder.
„Nanu, Sie haben den Pinguin ja immer noch. Waren Sie denn nicht im Zoo?"
„Doch, doch, da waren wir schon – und jetzt gehen wir ins Kino."

Sagt ein Pferdebesitzer zum anderen:
„Ich füttere mein Pferd vor dem Rennen immer mit einem Eimer extra feinen Hafer – und Sie?"
„Ich geb ihm immer einen Eimer Sekt."
„Und dann läuft es besser?"
„Gewonnen hat es noch nie, aber es ist immer das lustigste."

Mark hat mit seinem Moped vor einem Bauernhof einen Hahn totgefahren. Er geht in das Haus, sucht den Bauern und entschuldigt sich.
„Klar, dass ich Ihnen den Hahn ersetze", sagt er.
„Ist in Ordnung", murrt der Bauer. „Du kommst also jeden Tag um fünf Uhr früh und krähst vor meinem Haus?"

„Einen hübschen Hund haben Sie da. Wie heißt er denn?"
„Er hat keinen Namen."
„Wieso nicht?"
„Er kommt ja doch nicht, wenn ich ihn rufe!"

Zwei Kühe grasen auf der Weide. Die eine wackelt heftig mit ihrem Euter.
„Was machst du da?", fragt die andere.
„Morgen hab ich Geburtstag. Da schlag ich schon mal die Sahne für den Kuchen."

Warum trinken Mäuse keinen Schnaps?
Weil sie Angst vor dem Kater haben.

Der Zirkus hat eine tolle Tiernummer:
ein Löwe und ein Schaf zusammen in einem Käfig.
„Und die beiden vertragen sich wirklich?", fragt der Reporter den Zirkusdirektor.
„Meistens."
„Und wenn sie sich streiten?"
„Dann kaufen wir ein neues Schaf."

Wer kann mit vier Beinen nicht laufen?
Der Stuhl.

Zwei Mäuse machen einen Abendspaziergang. Eine Fledermaus flattert über ihren Köpfen. „Sieh nur“, sagt die eine, „ein Engel!“

Zwei Schneckendamen gehen spazieren. Plötzlich sehen sie einen attraktiven Schneckenherren. Sagt die eine: „Du schau doch mal, sitzt mein Haus auch gerade?“

Die Kühe auf der Weide schütteln traurig den Kopf. „Man kann es ja gar nicht mit ansehen, wie Millie von Tag zu Tag magerer wird“, meint eine Kuh. „Tja“, meint eine andere, „das kommt davon, dass sie so abergläubisch ist. Sie frisst nur noch vierblättrige Kleeblätter.“

Zum Brüllen!
888 supercoole Schülerwitze
ICH HASSE DOSENFUTTER!
H. Müller-Scherz (Hrsg.)
Ravensburger